BBN
B●BOY NOVELS

カジノ王と熱恋の賭け

水瀬結月

イラスト／高階 佑

この物語はフィクションであり、実際の人物・
団体・事件等とは、いっさい関係ありません。

CONTENTS

カジノ王と熱恋の賭け —— 7
あとがき —— 240

カジノ王と熱恋の賭け

※　1　※

「パラッツォ・カジノへようこそ、浅川聖様《あさかわきよら》」

ゲームホールに近づくと、恭《うやうや》しく頭を垂れた二人のドアマンが、真紅のベルベットと黄金の縁取りで覆われた観音《かんのん》開きの扉をゆったりと開けてくれた。

聖は名乗っていないし、もちろん名札も付けていない。完全会員制であるパラッツォ・カジノでは、従業員全員がゲストの顔と名前と母国語を一致させているらしかった。ここに来てから五日間、日本語以外で話しかけられたことがない。

聖は両手をギュッと握り締め、その場で直立した。丁重《ていちょう》に扱われるのは苦手だ。贅沢《ぜいたく》にも価値を見出せない。本当はこんな、きちんとしたタキシードを着ることだって窮屈《きゅうくつ》だった。

けれど、彼が喜んでくれるから――。

閉じていた瞼《まぶた》が開かれるように扉が動き、聖の前に目映《まばゆ》い光が広がっていく。

ベルベットの赤、彫刻や細工の黄金、無数に垂れ下がるシャンデリアの透明な耀《かがや》き。天井や壁に描かれた荘厳《そうごん》な宗教画の聖人たちは、ゲームに興じる人々を無言で見下ろしていた。かつて貴族たちの姿を眺めていた彼らは、三百年ほど経《た》った今、巨額な金銭をゲームでやり取りする自分たちをどんな気持ちで見下ろしているのだろう——と、聖は夢見がちなことを考える。

いや、実際にここは夢の世界だ。

イタリアはヴェネツィア。約百二十もの島々から成り、水の都として知られる街の中でも、本島から離れた場所に浮かぶ小さなこの島は、世界屈指の超高級カジノ『パラッツォ・カジノ』としてセレブの間にその名を轟《とどろ》かせている。

パラッツォとは、宮殿のことだ。

その名の通り、十八世紀に建てられた宮殿を最低限の補修のみでほぼそのまま転用している。

ヴェネツィア・バロック建築の最高傑作の一つとして誉《ほま》れ高く、大理石の白一色で覆われた外観は、さながら海に耀くヴィーナスの貝殻だと賞賛されていた。

本当に、夢の世界だ。

けれど夢ならなぜこんなにもせつないのだろう……と、微かな溜息を零《こぼ》す聖に、燕尾服《えんびふく》を身に纏《まと》ったホールマネージャーが颯爽《さっそう》と近づいてきた。

「ようこそいらっしゃいました、浅川様。ゲームのご案内を？」

それとも、お連れ様のもとへご案内いたしましょうか？　——と、表情で尋ねられ、聖はかぶりを振る。

「いえ、お構いなく」

「かしこまりました」

ホールマネージャーが下がると、次にカクテルトレーを手にしたボーイがさりげなく近づいてくる。

そのトレーに載っている色とりどりのカクテルを、聖はじっと見下ろした。

――やっぱり……今までに僕が選んだお酒が、全部含まれてるよね？

聖は酒に疎《うと》い分、色やトッピングの美しさで選ぶので、見覚えのあるグラスが増えていくことにちょっとした違和感を覚えていた。恋人は「ゲストの好みくらい把握してて当然じゃねぇの？」と言うのだが、ゲームホールにいるだけでもこれだけ大勢のゲストの中から、個人を特定して、その飲み物の好みを把握してしまうというのは、なんとなく監視されているかのような不安を覚えるのだが。――そう恋人に言うと、「セレブの世界はそういうのが、完璧な顧客サービスってもんだ」とおおらかに笑い飛ばされてしまったのだけれど。……そういうものなのだろうか。ひょんなことで俄《にわ》かセレブになってしまった聖には戸惑《とまど》うことばかりだ。

今はいらないと酒を断り、聖は先に進む。

広々としたホールには、様々な種類のゲームテーブルが点在している。プレーヤー用の椅子は豪華なソファで、そのすべてに酒やつまみを置くためのサイドテーブルがセットになっている。

今プレーしているのは、ざっと見回したところで百名に満たないだろう。この広さにしては少人数だが、閑散《かんさん》とした印象を受けないのは、プレーヤーをもてなす従業員がその三倍はいるからだろうか。

彼らは襟《えり》に揃《そろ》いの金刺繍《ししゅう》を携《たずさ》えていることで、一目で従業員だと区別できる。そして役割ごとに、服装が違っていた。白一色のタキシードを着ているのがディーラー、同じ形の衣装で襟がシルバーなのがゲームマネージャー、光沢のある淡い黄色のジャケットがボーイ、タキシードを着ているのはプレーヤー付きの御用聞き、燕尾服がホールマネージャーという区別らしい。

このホールに足を踏み入れると、ゲストは皆、プレーヤーと呼ばれる。パラッツォ・カジノの会員になる条件のうちの一つが、一晩で五十万ユーロのゲームを楽しむこと、となっているためだ。もちろん連日ではなく滞在中の一日で構わない。しかし大半のゲストは、毎日それに近い額のゲームを楽しんでいるようだった。

聖はゲームをまったくしない。けれど同行の恋人が高額を転がすハイ・ローラーなので、会員基準を満たしていることになっていた。そもそも彼が望んだからこそ、会員になったのだ。

その彼は今、バカラに興《きょう》じているのが遠目に確認できた。

金髪に近くなるほど色を抜いているが、彼は歴《れっき》とした日本人で中司文博《なかつかさふみひろ》という。聖と同じ二十五歳で、現在は父親の会社を継ぐべく勉強中の身だ。

父親は地方で遊園地を経営しており、中司は将来、そこを総合テーマパークにすることが夢だという。その一環としてパラッツォ・カジノをリサーチしたいと頼まれたので、聖は会員権を取得したのだった。

テーブルに近づくと、「もう一回だ！」「次こそ！」等、賑《にぎ》やかな声が聞こえてくる。中司の周りには華やかなドレスに身を包んだ女性たちが、そのパフォーマンスを面白そうに眺めていた。

プラチナブロンドの女性が中司の肩で頬杖《ほおづえ》をつき、ころころと鈴を転がすような笑い声を上げている。

不意に、鬱屈《うっくつ》した感情が腹の辺りに生じた。

聖は足を止め、無意識のうちに胃を押さえる。

——浮気じゃない。あれは、浮気じゃない。中司が愛しているのは、僕だけ。

呪文のように胸中で呟いてから、再び足を踏み出した。

「どう？　楽しんでる？」

なんとか笑顔を作って声をかけると、勢いよく中司が振り返る。

いつも通り、やんちゃ坊主がそのまま大人になったような表情をしていると思っていた。ところが彼は、聖の顔を見るなりバツが悪そうに顔を顰《しか》める。

「……どうかした？」

周囲にはべらせている女性の存在を聖に悪く思った……わけがないことは分かりきっている。

恋人は聖だけだが、中司には女性が必要だ。彼はゲイではないのだから。それは話し合いの末、聖も納得していることだった。感情はなかなか割り切れないが。

「ゲーム中に急に話しかけんなよ。集中が途切れるだろ。負けたら浅川のせいだぞ」

「……ごめん」

肩にとまらせている女性は集中の邪魔ではないのか。

尋ねてみたい衝動に駆られたが、直後、そんな嫌みっぽいことを考えてしまった自分が恥ずかしくなった。

黙って成り行きを眺める聖を、なぜか中司がチラチラ振り返る。

なんだか様子が変だ。

「おまえ、こんなとこで油売ってていいのか？」

「え？」

「いや、ほら、仕事いっつも忙しそうじゃん？　〆切とか、大丈夫なのかなーって、心配したりしてさ」

珍しいこともあるものだ。

いつもは聖がパソコンに向かって唸《うな》っていても、気にする素振《そぶ》り一つ見せないのに。

「……ちょっと詰まったから、気分転換しようと思って」

「ん、そっか。でも小説ってさ、気分転換したからって書けるもんなのか？」

「う」

言葉に詰まった。気分転換と現実逃避の違いについては、常日頃から自問自答している。

聖は電子配信専門の小説家だ。世間では『ケータイ作家』とも呼ばれていて、聖の場合はプロフィールを一切明かさず、ただ『セーラ』という名前のみで活動している。

幼い頃からふわふわとしたお伽話《とぎばなし》が大好きで、本を読んでは、完結したその続きを想像して一人楽しむような子どもだった。それがいつしか自分だけの世界を一から築く楽しさを覚えたのは、当然の流れだったように思う。

そしてあるきっかけによって書いたたどたどしいポエムのような小説を、ウェブ上で発表したのは、単に時流に乗ったからだ。発表の場はいくらでもあった。またインターネットの世界には、小説を書く人がごろごろといた。だから自分のような素人《しろうと》の書いた文章を、まさか評価してくれる人がいるなんて——出版社から声がかかり、数え切れないくらいの人が読んでくれて、書籍化、ドラマ化、映画化……社会現象と呼ばれるまでに発展するなんて、微塵《みじん》も考えたことがなかった。今でも何かの間違いではないかと思うくらいだ。

聖はただ、書かずにいられなかっただけなのに。

主人公の『あたし』——いつも決まって少女の視点で語る、恋のせつなさを、綴《つづ》らずにはいられなかっただけ。

それは現実の自分と、外見にそぐわない心を、バラバラにしてしまわないための自己修復作業のようなものだったから。

中司いわく『浅川は黙ってりゃロイヤルファミリーっぽいオーラばしばしのナンパ成功率百パーなイケメンなのに、心は妖精さんを飼ってる乙女なんだよなァ』……らしい。

イケメンかどうかの議論は置いておくとして、少なくとも自分は女性に間違われるような外見ではない。尖《とが》った顎《あご》のラインがもう少し丸みを帯びていたらよかったのに……とか、切れ長なこの眼がせめてもう少しだけでも大きくて黒目に星が浮かんでたらな……とか、鼻筋がこんなにすっきり高すぎずもう少し愛嬌《あいきょう》のある感じだったら……とか、唇がこんなに薄くなくてもう少しふっくらと……そう、例えば淡い紅を引いても似合わないこともない……可憐《かれん》さとか、甘さとか、そういう要素が一つでもあったらよかったのに……とか、とか。鏡を見るたびに落ち込んでしまうくらい、普通に男だ。

別に、女の子になりたいわけではない。

ゲイではあるが、不思議なことに男の自分に違和感を覚えたことは一度もなかった。

ただ、心が乙女だというのは恥ずかしながら自覚していて、せっかくふわふわとしたお伽話の中を漂っている時に、鏡で現実に引き戻されてしまうのが悲しいだけだ。

こんな自分は気持ち悪いと思う。

本当なら誰からも蔑《さげす》まれて、一生たった一人で淋しく生きていかなければいけないくらいアンバランスな人間に違いない。

それなのに聖には、こんな自分を認めてくれて、それだけでなく恋人にまでなってくれた中司がいる。

たとえ身体的に触れられなくても、これ以上の幸せはないと思う。

だから、今の……この状況が変わるのが怖い。

「いや、気分転換が悪いって言ってんじゃねぇぞ？　ここに来ることが本当におまえの気分転換になってんなら、何も言わねぇ。でもおまえ、ゲームしねぇじゃん。楽しくないだろ？」

「……中司が楽しそうにしてるのを見るの、楽しいよ？」

「あー、うん、そうか。まぁ、おまえ、俺のことすげぇ好きだもんな。そういうもんか」

ドキッとした。従業員の中には日本語が分かる者もいるのに、好きという言葉を無防備に使う中司にハラハラする。

聖は構わない。事実、ゲイなのだから。けれど中司は違うのに。恋人ではあるけれど、聖には指一本触れたことなく、彼が抱くのは女性ばかりなのに……従業員にゲイだと誤解されてしまうのではないか。

聖はそう心配したけれど、中司はまったく気に留めたふうではない。

彼にとっては、取るに足りないことなのかもしれない。中司のこういうおおらかなところを、聖は真っ先に好きになったのだ。

「でもそれならさぁ……今日は、なんていうか……俺、別に楽しんでねぇから。浅川も見てたらストレス溜まるだけじゃねぇかなァ……？」

ひとり言のように呟きながら、中司はテーブルにチップを投げた。BANKER《バンカー》と書かれた黄色のサークルに、縞《しま》模様のチップが納まる。

「No, more bet」

『これ以降は賭《か》けられません』というお決まりの文句をディーラーが口にすると、同じテーブルについている他のプレーヤーたちもソファにどっしりと凭《もた》れかかった。

ディーラーがカードシューから一枚ずつカードを取り、ラインで区切られた黄色とオレンジ色のそれぞれの陣地に順に置いていく。オレンジの陣地にはPLAYER《プレーヤー》と表記されているが、プレーヤーは必ずPLAYERに賭けなければならないわけではないらしい。

カードが一枚、二枚、そして三枚目の数字が見えた瞬間、プレーヤーたちがそれぞれ反応した。ある者は満足そうに、ある者は悔しそうに、そして中司は……妙に表情が硬い。

——本当に、どうしたんだ？

聖はカジノゲームに無知なので、ルールもまったく分からない。

ただディーラーが中司のチップを回収したことから、負けたということだけは理解した。

——負けたから、あんな表情してるのか？

しかし昨日などは、三千万円負けたがケロッとしていたのに。

パラッツォ・カジノの会員条件である「一晩で五十万ユーロ」は、現在のレートで五千六百万円ほどだ。中司は連日それくらいの額を動かし、勝ったり負けたりしているわけで、今さらゲームに負けたくらいでこんな反応はしない気がするのだが。

——なんか……金額が大きすぎて現実感ないな。

金銭感覚がおかしくなる。

何千万円という金を中司には自由に使ってもらっているが、普段の聖は買い物をする時、いくつかの品を見比べてより安いものを選ぶタイプだ。我慢して倹約しているわけではない。収入額が多すぎて自分で働いて稼《かせ》いでいるという感覚が乏《とぼ》しく、必要以上の金銭を使うのが怖かった。

――この話をした時も、中司に笑い飛ばされたんだよな。「だったら俺が使ってやろうか?」って……。

取り留めのないことを考えながら黙って眺めていると、「Please, your bet」とディーラーが賭け開始の決まり文句を口にし、次のゲームが始まった。

カジノゲームは進行が早い。

中司によると、一般的なカジノに比べるとこれでも余裕を持っているらしいが。市井《しせい》のカジノは矢継《やつ》ぎ早《ばや》にゲームを展開するので、追い立てられているようで嫌だと言っていた。

中司がまた、チラッと聖を見る。

本当に珍しい。

女性たちに囲まれていれば、いつもなら聖なんて眼中にないのに。

プレーヤーたちは思い思いのタイミングでチップを賭けた。残すは中司だけだ。

チップを手のひらでチャラチャラと揺らし、聖をチラチラ盗み見るようにしながら、中司は全部を黄色側に賭けた。

女性たちが色めき立つ。彼女たちの間で何か話しているが、イタリア語らしく意味がまったく分からない。

ディーラーがカードを配り始めた。一枚目、二枚目を配った瞬間、プレーヤーたちがそれぞれの反応をする。今度は二枚で勝負がついたらしい。

オレンジ側にあるカードは3と6。黄色側にあるカードは10と7。

数字の大きな黄色側が勝ったのかと思いきや、中司のチップが回収されたので負けだったのだと気がついた。さっきのゲームでは確か黄色側の合計数の方が小さくて負けていたのに、一体どうなっているのだろう。数字の大小で勝敗が決まるわけではないということか。

「チップ。チェンジしてくれ」

ゲームテーブルの脇に控えている御用聞きに、中司が合図する。

「はい。いかほどにいたしましょうか?」

「さっきの倍。倍だ」

「かしこまりました」

御用聞きが承知した、その時。

漆黒《しっこく》の燕尾服姿の男が、音もなく近づいてきた。

「失礼いたします。浅川様代理プレーヤーの中司様、特別室をご用意いたしましたので、ゲームの続きはそちらでなさいませんか?」

中司に提案したその男に、聖は息を呑む。

眼が、放せなかった。

ギリシャ彫刻が動き出したのではないか……この天井に描かれている宗教画から、神の使いが光臨したのではないか……そんなふうに思ってしまうくらい、強烈な存在感だ。

計算しつくされたかのような絶妙の位置に配されている彫りの深い目鼻立ちに、何ものにも染められることのない漆黒の双眸《そうぼう》、同じ色の艶《つや》やかな髪。極上の糸で織られた燕尾服よりも、彼の髪の方が、その触り心地を夢想させるような黒い耀きを帯びている。

そして服の上からでも分かる、あまりにも均整の取れた肢体。古代から彫刻家たちが追い求めてきた肉体の美が、ここにある。

刹那《せつな》、眼が合った。

聖は呼吸を止めた。視線は絡むのではなく貫かれるものなのだと、生まれて初めて知った。彼の漆黒の双眸には、意志が漲《みなぎ》っている。

熱い、と思った。視線に温度があるなんて、知らなかった。

彼という存在に、恐れと敬《うやま》いを同時に抱く。それはまるで圧倒的な力を見せつける大自然を前に、平伏したくなるような感覚と似ていた。

「浅川様も、それでよろしいですね？」

「……え？」

男がスッと近づいてきて、聖は思わず身を引く。

決して触れてはいけない人だと思った。それなのに彼は、聖に向かって手のひらを差し出す。まるで淑女《しゅくじょ》をエスコートしようとするかのように。

男から、ふわっと甘い香りが漂った。薔薇《ばら》のような、それでいてどこかスパイシーな……。

「責任者の、レオ・ヴォルタロッツィと申します。わたくしが別室までご案内いたしましょう」

「え、……あ、はい」

一瞬で消えてしまった香りに誘われるように、聖は手を差し出そうとしていた。

けれど、触れる直前。

中司がサイドテーブルのグラスを倒した。ヴェネツィアン・グラスから酒が零れ、毛足の長い豪華な絨毯《じゅうたん》に染みを作る。

「わざとじゃねぇんだ」

中司は蒼白だった。

あまり物事にこだわらない性格の彼が、こんなふうに動揺する姿など初めて見る。

「中司？」

「じ、自分で責任取ろうって思ったから、こうしたんだ。おまえに迷惑かけるつもりなんか、これっぽっちもなかった」

「何を言ってるんだ？」

話がまったく見えない。

テーブルではゲームがストップし、他のプレーヤーたちもこちらに注目している。さっきまで中司の周りにいた女性たちも、今は別のプレーヤーの傍《そば》に集まって成り行きをうかがっていた。

いや、視線を集めているのは中司と聖よりも、燕尾服のこの彼——レオのようだが。

周囲のテーブルとは少し距離があり、ゲームが滞《とどこお》りなく進行しているため、時折視線を投げかけてくる程度だ。

「浅川様代理プレーヤーの中司様、詳しいご説明は別室にて、わたくしからさせていただきます」

有無を言わせない響きがあった。

偉そうだというわけではない。口調も優雅で、押しつけがましさなど微塵もなかった。ただ、従わなければならないような気にさせられる声なのだ。

艶のある、魅惑的なテノール。もしもこの声でカンツォーネなど口ずさまれたら、たまらない気持ちにさせられるだろう。

結局、手は取らないままレオにいざなわれ、聖は先に立って別室へと移動した。振り返ると、中司も御用聞きに案内されてついてきている。

中司の顔色はやはり悪く、その足取りも覚束《おぼつか》ないのがとても気になった。まさかゲームの勝敗ではなく、何か大切な調度品を壊してしまったとかだろうか。その弁償をするように言われた？

聖は心構えをするために、思いつく限りの悪い出来事を脳裏に並べてみる。

特別室は、ゲームホールの奥にあった。行き止まりだと思っていたカーテンの向こうに扉があり、絵画に埋め尽くされた通路を抜けると小さな部屋に出る。小さいと言いつつ、優に百平米《へいべい》はあるだろう。先ほどまでのホールが広すぎて、本来なら広いはずのこの部屋が狭く見えてしまうだけだ。

室内には、バカラのゲームテーブルが一台置かれていた。しかしプレーヤーの設《しつら》えは一人分しかなく、ホールの仕様とは明らかに違う。

特別室でゲームの続きを……というのは、自分たちをあの場から離れさせるための口実かと思っていたが、本当にここでゲームを再開するのだろうか。

「どうぞお座りください」

たった一つの、プレーヤー席をレオが勧める。

「中司」

場所を譲って中司を促《うなが》すと、なぜか彼は真っ青になって震え上がった。

「お、俺はいい」

「え？」

あんなにカジノ好きの彼が、何を言い出すのだろう。

聖は困惑して、レオに視線を向けた。

すると彼は、どういうわけかディーラーポジションに立つところだった。

——え？　ディーラーは白いタキシードだよな。黒の燕尾服はホールマネージャーって聞いたはずだけど……。

「浅川様代理プレーヤーの中司様、挽回《ばんかい》なさらなくてよろしいのですか？　このままゲームを終えられるのでしたら、本日お楽しみいただいた八百万ユーロ、現金でお支払いいただくことになりますが」

「ひ、卑怯《ひきょう》だ！」

中司が金切《かなき》り声《ごえ》を上げた。

聖は目が点になってしまい、彼らのやり取りがいまいち呑み込めない。

「八百万……ユーロ？　……円じゃなくて？」

呆然《ぼうぜん》とひとりごちた聖に、レオが優雅な笑みを見せる。

「左様《さよう》でございます。現在のレートで円に換算すると、九億飛んで五百六十万円でございます」

えー……？　と思った。額が大きすぎて、現実感がない。

冷静な聖とは裏腹に、中司は奇声を上げてその場に座り込んでしまった。その姿に胸が痛む。

「最初にお預けした現金は、三億円だったと思うんですけど……」

会員権を取得するために予《あらかじ》めパラッツォ・カジノ側に、一時預託《よたく》してあるのだ。もちろんすべて使い切るとは思っておらず、中司はその一部でゲームに興じているはずだった。

「増額はお客様の自由です」

「……増額なんて、できなかったはずですよね？」

中司はあくまで代理プレーヤーなのだから。

「予めご説明したことではありますが――」

レオが、優雅に口を開く。

「代理とは、会員ご本人様の全権を行使できる権限をお持ちの方にのみ与えられる肩書きでございます。中司様は、浅川様の代理。つまり会員様ご本人を担保に、仮増額することが可能です」

「……会員、本人を担保に……？」

それは、つまり。

――どういうこと？

「お支払期限は当日のみ。本日中に八百万ユーロお納めいただくか、もしくはゲームで挽回なさるか。浅川様並びに代理プレーヤー中司様が取られる道は二つに一つしかございません。いかがなさいますか？」

レオの口ぶりは、決して脅迫《きょうはく》している類《たぐい》のものではなかった。

強烈な光を放ちながらも、どこまでも優雅に。ゲストに最上級の敬意を払って。

どこか楽しそうなのは、これがあくまでゲームだということを強調するためだろうか。

それとも……本当に、楽しんでいるのか。

「担保ということは、支払えなかった場合、僕はどうなるんですか？」

「いつでも好きな時に日本へお帰りになれる、という立場ではなくなりますね」

「……それはつまり、労働で返済していくという…」

「俺、絶対におまえのこと迎えに来るから！」

悲鳴のような中司の声が割り込んできた。うずくまったまま、続けて叫ぶ。

「浅川のこと、絶対に見捨てたりしねぇ！　ちょっと時間はかかるかもしれねぇけど、絶対、絶対に迎えに来るから。だから……俺のために、今は我慢してくれ！」

――本当に、迎えに来てくれるの……？

中司のことを信じたいけれど、不安が先に立ってしまう。

「あっ、それかさ、おまえがやればいいんじゃねぇ!?」

唐突に中司が顔を上げた。声音《こわね》も悲愴なものから、名案を思いついたかのような明るさを帯びる。

「俺はもうゲームできるような心理状態じゃねぇし、もともと会員は浅川なんだから、おまえが挽回してくれればいいんだよ」

「えっ、僕が？」

予想もしていなかったことを言われて、自分を指差して問い返す。

「ルール知らないよ」

「チップ賭けるハンドを決めりゃいいだけだ。俺が横で見ててやる」

「ハンド？　何それ？」

「陣地みたいなもんだ。プレイヤーハンドとバンカーハンド、文字と色でスペースが区別されてるだろ」

「……どっちに賭ければいいか教えてくれる?」

「それじゃ意味ねぇじゃん。賭ける方は浅川が決めろよ」

「どうしたらいいか分からないよ……」

「おまえの好きな方でいいんだって」

「だって駆け引きとか、賭けるタイミングとかあるんだろう?」

「バカラにはねぇよ。最初に、賭ける方を選ぶだけ。簡単だろう?」

「……でも」

ゲームをするつもりなどまったくなかったので、本当に何も分からない。心構えもできていない。

渋っていると、中司がすっくと立ち上がって歩み寄ってきた。そして聖をプレーヤー席に座らせようと促す。

「大丈夫だって。俺が応援してるから。ほら、座れよ」

「……う、うん……」

中司にここまでされて、聖に拒めるわけがなかった。

戸惑いながらも腰掛けると、ゲーム台を挟んで真正面にレオと向かい合うことになる。

彼の表情から感情を読み取ることはできなかった。けれど漆黒の双眸にまっすぐ貫かれて、居《い》心地《ごこち》が悪い。

「……あの、僕でも大丈夫ですか?」

「聞くまでもねぇって。大丈夫に決まってんだろ」

聖はレオに尋ねたのだが、背後から中司が先に答える。

「権利が有るかというご質問でしたら、もちろんです。しかしながら、ご本人様にプレーの意志がないならば、これほど不幸なゲームはございません」

ドキッとした。迷いを見透かす、その眸《ひとみ》と言葉に。

聖は不安を抱えて中司を振り返った。すぐ傍にいるだろうと思っていた彼は、いつの間にか少し離れた場所に下がっていた。従業員に猫足の椅子を持ってこさせ、座ろうとしているところだった。あの場所からでは、ゲームの内容はほとんど見えないのでは。

眼が合うと中司は、「がんばれ」と口パクで檄《げき》を飛ばしてきた。

覚悟を決めるしかないらしい。

「……僕が、……やります」

「失礼?」

聞こえなかったようだ。

聖は逃げ出したくなるところを膝頭《ひざがしら》を握り締めて耐え、大きく息を吸い込んだ。

「僕が、やります」

今度はしっかりと声が出た。

するとレオが、不敵に笑う。身に纏う雰囲気が、ゲストにかしずく者から、王者のそれへと鮮やかに変化する。

その瞬間、室内の空気が変わった。凛《りん》と張り詰めた中にも濃密な、一挙手一投足を搦《から》め捕られるような密度が生じる。まるで自分が、蜘蛛《くも》の巣に捕らわれる昆虫になった錯覚に陥《おちい》った。

「――そうですか。ご自分でゲームをなさる、と？」

レオが、満足そうに笑う。

聖はこくりと喉《のど》を鳴らした。失敗したかもしれない。この言葉を、口にしてはいけなかったのではないか。

――罠《わな》？

そんな疑いが頭を擡《もた》げる。しかし宣言してしまったものを今さら撤回するわけにはいかない。ましてやそんな状況にもない。

緊張で、喉がカラカラに渇いていた。膝頭を握る手が小刻みに震える。自分ではどうしようもない。

「後悔なさいませんね？」

レオは敬語を使っているのに、さっきまでの恭しい態度ではなくなっていた。

決して無礼ではない。けれど、自分こそが支配者だと知っている者のまなざしだ。

ホールの責任者とは、これほどまでに権力を持つものなのか。

——後悔なんて……考えさせないでほしい。

きっと後悔する。これほど無謀なことなど、今までの人生で一度もしたことがないのだから。

けれど中司があんなに困って、聖に助けを求めているのだ。

迷いを振り切るように深く、ゆっくり頷《うなず》くと、レオも心得たように頷き返した。

「では、バカラのルールをご説明しましょう。比較的簡易なハウスルールを採用しておりますので、初めてでもお困りにならないと存じます」

「……あ、あの。ハウスルールってなんですか？」

「手前どもパラッツォ・カジノ独自の決めごとという意味です。プレーヤーに不利になる類のものではありませんので、ご安心ください」

レオはカードの束《たば》を手にすると、すべてを表に向けてテーブルにザッと滑らせる。そして二枚ずつ組み合わせて並べていった。

「バカラは二枚ないし三枚のカードの合計を9点に最も近づけることを競うゲームです。数字の札はそのままの数ですが、A《エース》は1点、絵札は10点とカウントされます」

「……絵札？」

「J《ジャック》、Q《クイーン》、K《キング》の三種類でございます」

サッと目の前に並べられる。なるほど、絵の描かれたカードだ。視覚で捉《とら》えると理解しやすい。

「カードの合計点が二桁《けた》になった場合は、下一桁のみを得点とします。10なら0点、11なら1点、12なら2点……という具合に」

レオは数種類の組み合わせを作っていく。絵札と絵札、Aと10、6と9。

「浅川様、これらの得点がお分かりに？」

「ええと……。絵札と絵札は10足す10で20だから……一の位だけを見て、0点？」

「正解です。Aと10は？」

「Aは……1だから、11で……1点。6と9は15だから、5点ですよね？」

「その通りです」

満足そうに肯定されると、少しだけホッとする。

「ではこの中から、最も強い組み合わせはお分かりに？」

三組のカードが並べられ、聖は3と6の組み合わせを選んだ。他の二つは合計点が9より少ない。

「結構。ではこちらは？」

同様に三組のカードの中から一組を選ぶという作業を繰り返し、Aと8、2と7、4と5、また10と9や絵札と9も最強の組み合わせと理解する。

慣れてくると、次のステップに進んだ。

二枚のカードで勝負する場合と、三枚目のカードを配る場合の違いについてだ。

「三枚目のカードが配られるか否かは、厳正な条件が定められております。勝敗の確率を公平にするため数学的に導き出されたものですから、こちらは少々複雑ですが簡易にすることはできませんのでご了承ください。ルール一覧表はこちらです」

見るからに上等そうな厚い紙に、図がプリントされている。

レオはプレーヤーハンドとバンカーハンドにそれぞれ一組ずつカードを並べ、その内容を解説してくれた。プレーヤーハンドの二枚の合計が5以下なので三枚目を引くが、その三枚目が1で、バンカーハンドの二枚の合計が4である場合は、バンカーハンドには三枚目のカードを配らない……等々、事細かに条件が設定されていた。これはたった一度の説明で理解できる類のものではない。だから、このように一覧表があるのだろうか。

「この表を見ながらプレーしてもいいですか？」

「もちろん。ですが、よろしければ説明を加えつつゲームを進行いたしますが？」

「じゃあ、お願いします」

「かしこまりました。浅川様は既に、『合計点を9に最も近づける』『下一桁で勝負する』という最も重要な二点をご理解くださっていますから、ゲームの勝敗の判断は問題なくお分かりになると思います」

「……駆け引きとかは、しないものなんですか？」

中司はないと言っていたけれど。

「バカラに関しては、ゲーム進行上での駆け引きは存在いたしません。バンカーハンドとプレーヤーハンドのどちらに賭けるか、この一点のみで勝敗が決まります」

「あ、これって自分で決めていいんですか？」

名称にプレーヤーとついているので、順番に回ってくるものだと思っていた。だから中司は『賭ける方を決めるだけ』と言っていたのか。

「左様でございます。AサイドやBサイドと同じように、名称に意味はないものと考えていただいて結構です。ああ、日本風に表現するなら赤組や白組といったものでしょうか」

聖は目を見張った。

まさかギリシャ彫刻のようなレオの口から、そんな日本的な表現が飛び出すとは。

「厳密に申しますと、『引き分け』に賭けることもできますが、今回は特別ルールとして引き分けの場合のみ再ゲームとさせていただきます。よろしいでしょうか？」

「あ、はい」

「大まかなご説明は以上です。何かご質問は？」

「……いえ、大丈夫です」

二つのうちどちらかを選ぶだけなら、聖でもなんとかなりそうだ。

それで勝てるかどうかは分からないが。

「ゲームを始めてください」

「かしこまりました。では、浅川様。わたくしから提案がございます」

レオが手首のカフスボタンを一つ外し、テーブルに置く。青い透明の輝きを帯びた、それはガラスでできていた。

「このヴェネツィアン・ガラスをチップに、全額を賭けてみませんか？」

「全額!?　八百万ユーロ一度にですか!?」

驚愕《きょうがく》する聖に、レオは優雅に笑みかける。

「ええ。ですが賭け金は四百万ユーロです。勝てば倍額支払われるオッズですから」

「……勝てば、倍？」

「ええ。小額ずつ挽回してご自分の運命を決められるのも結構ですが、二つのうち一つ、たった一度の決断にすべてを委《ゆだ》ねる――そのような勝負も、時には必要なのでは？」

聖の心は揺れた。

プレーヤーハンドか、バンカーハンド。Aか Bか、赤か白か。それもいいような気がしてきた。けれど、一度に四百万ユーロを賭けるということは、当然負ければ負債合計が一・五倍の千二百万ユーロだ。日本円に換算すると……。

「ざっと見積もったところ、十三億六千万円ほどですね」

笑みを含んだ艶やかなレオの声に、聖は瞠目《どうもく》した。

「どうして分かったんですか？　僕が考えていたこと」

「浅川様を、いつでも見つめておりますから」

　思わず、頬を赤らめてしまった。

　言い換えれば監視しているという意味だと、すぐに理解したにもかかわらず。

「無理強《むりじ》いはいたしません。ただ、勝負ごとにはビギナーズラックというものがございます。浅川様のカジノデビューが幸運の女神に祝福されたものであれば、必ずや勝利の星を手にされるでしょう。そしてわたくしの眼には、あなたはそれに最もふさわしい方として映っているのです」

　この男の甘い言葉は麻薬だ。

　レオの漆黒の双眸に見つめられ、その艶やかなテノールを聞いているだけで、誘惑されそうになってくる。

　けれど、そんな大勝負に出て本当にいいのか？　例えば半分ずつ、二百万ユーロのゲームを二回にしたらどうだろう。それなら一度目で負けても、二度目で盛り返せるかもしれないし……いや、自分の性格上、どんどんドツボに嵌《はま》りそうだ。それよりも払えるところまでは今すぐ払ってしまって、残りの金額だけを挽回できるように賭けるのはどうだろう。……いや、駄目だ。資産の管理はよく分からなくて税理士任せにしてしまっている。すぐに動かせる金額を把握していない上、七時間の時差は大きい。日本は今、真夜中だ。

「ご決断を」

空気が張り詰める。

室内のすべての視線が、自分に集中する。

呼吸さえ憚《はばか》られるような緊張感の中、聖は視線だけを動かした。

テーブルの上で耀く、ヴェネツィアン・ガラスのカフスボタン。

サークルで示されたプレーヤーハンドとバンカーハンド。――どちらを選ぶか。どちらの道を行くのか。

「――やります」

カフスボタンを手に取ると、部屋の空気がますます緊張する。

「かしこまりました。では、ゲームを始めさせていただきます」

「あの、その前に僕からも一つうかがっていいですか?」

「なんなりと」

「……その服装、あなたはホールマネージャーですよね? なのにディーラーもされるのですか?」

「わたくしはホールマネージャーではなく、責任者です。パラッツォ・カジノでの出来事すべてに責任を持ちます。こういった大事なゲームに於いては、殊更《ことさら》に」

確かに、聖が勝てばカジノ側には大損なゲームだ。一従業員に任せるのは酷だという判断だろうか。

「Please, your bet. お心が決まりましたら、ベッティングサークル内にチップをどうぞ」

ベッティングサークルが賭けるチップを置く場所だということは、レオが手で示してくれたので分かった。

聖は迷わずバンカーハンドのサークルの中に、カフスボタンを置く。

ただ、手を伸ばしたかったから。

自分から見て近くにあるプレーヤーハンドよりも、もっと先にあるバンカーハンドに願いを籠《こ》めたかった。

ためらいのない聖を一瞬、意外そうに見たレオは、すぐに不敵な笑みを浮かべる。

「No, more bet」

滑《なめ》らかな声に、ドキッと鼓動が跳ねた。ただの決まり文句なのに。

レオは配布前の儀式となるカード捌《さば》きを優雅に済ませ、カードシューにセットすると、カードを一枚ずつ抜き取っていく。それを無駄の一切ない、美しい所作《しょさ》で順に並べていった。

「プレーヤーハンド一枚目、7」

レオが読み上げてくれる。いきなりの強い数字に、聖は思わず拳《こぶし》を握る。

「バンカーハンド一枚目、9」

ドキッとした。勝負がこの一枚だけなら、聖の勝ちなのに。

しかしそうはいかない。

「プレーヤーハンド二枚目、K」

——キング！　絵札は10でカウントされるから、十の位は無視して……合計、7点だよな？

「ゆえに合計7点。条件に従い、プレーヤーハンドの三枚目の配布はございません」

膝頭を握る手が、小刻みに震える。次はバンカーハンドの二枚目だ。ここでもしも9か10、そして絵札のJ、Q、Kのどれかが来れば……聖の勝ちだ。それ以外なら三枚目に持ち越しか、もしくは負けとなる。

心が揺れた。けれど可能性は少なくない。

鼓動が激しく高鳴る。

——来い。……来い！

心の中で、聖は念じた。

そして、バンカーハンドに配られた二枚目は——。

「バンカーハンド二枚目、2。ゆえに合計1点。条件に従い、三枚目を配布します」

——1点!?

9足す2で合計11。一の位だけを見るので、1点。

「あぁ…っ」

理解すると、落胆の声が漏《も》れてしまった。

——駄目かもしれない。

ガラスのカフスボタンと、その向こうに並んだカードを見つめて聖は唇を噛《か》んだ。

どうしてこんな勝負に挑《いど》んでしまったのだろう。自分が勝てる可能性などを夢見てしまったのだろう。

胸が押しつぶされそうなプレッシャーで、テーブルに倒れ込みそうになる。

「浅川様」

ビクッと肩が跳ねる。

レオの声は落ち着いていた。そこには慰めも、己《おのれ》の勝利の確信も何もなかった。

「どうぞお顔を上げてください。女神が祝福するとすれば——ここからです」

視界の端で、最後のカードをレオが手にする。

ドクン、ドクン、と鼓動がやけに大きく聞こえる。

聖はゆっくりと顔を上げた。

レオと眼が合う。千の言葉を語りかけてくるような、雄弁なまなざしが突き刺さる。

ドクン、ドクン、ドクン……鼓動以外の音が、この世から消えたような気がした。

ピンと張り詰めたこの空気を通って、鼓動が彼にも伝わっているのではないかと思った。

そして、レオがカードをオープンにする。

バンカーハンド三枚目。

その数字は、8を示していた。

「っ!!」

「いやったぁ――ッ！」

背後で起きた雄叫《おたけ》びに、聖は跳び上がって驚く。

「やったな、浅川！　９点！　おまえすげぇ！　勝ったァ！」

「あ、あ、うん。ありがと……？」

いつの間にか背後から覗き込んでいたらしい中司に両肩を摑まれ、がくがく揺さぶられる。

聖は目を白黒させることしかできない。

「Congratulations!」

艶やかなテノールで祝福の言葉がかけられ、どこからともなく拍手が起こる。従業員たちが笑顔で手を叩いてくれていた。

そして、バカラテーブル越しに、真紅の花束を差し出される。

「っわ、きれい。……じゃなくて。あの、これ？」

「おめでとうございます、浅川様。勝利の女神はあなたに微笑《ほほえ》まれました」

レオは満足そうな笑みを浮かべていた。さっき、罠に嵌められたのではないかと疑った時と同じ表情で。要するに罠ではなかったということだ。完全なる聖の勘違い。

「いやー、よかったよかった！　浅川ならやれると信じてたよ！　おまえ、運だけは最強だもんなァ！」

今度は激励するように背中をバシバシ叩かれ、聖は少し噎《む》せてしまった。

中司は、つい先ほどまでこの世の終わりとばかりに青ざめていた人間と同じとは思えないハイテンションぶりだった。おかげで聖は自分が勝ったことの余韻を味わうどころか、実感さえ湧かないままだ。

改めて三枚目のカードを見ると、間違いなく8。先の二枚の合計と足すと……9点。プレーヤーハンドの合計に、2点勝る。

「……あ」

ようやく勝利をきちんと認識して、じわじわと緊張が解《ほぐ》れていく。

テーブル上のカードとカフスボタン、そして薔薇の花束を見比べていると。

「あなたはヴェネツィアに耀く一粒の真珠、パラッツォに華やぐ一輪の花。——天使たちからの祝福の歌が聴こえますか？　彼らは極上の調べで歌ってくれています。私の想いを」

カァッと頬が上気する。愛の囁《ささや》きと誤解するような科白《せりふ》は謹《つつし》んでほしい。レオは日本語を話していても、やはりイタリア人男性だ。

「わたくしからの愛と祝福の気持ちです。どうぞお受け取りください」

ずいっと花束を差し出され、反射的に受け取ってしまった。薔薇の香りが鼻腔《びこう》に満ちる。

——あ、愛って……。

思わず中司の顔をうかがったが、彼はテーブルの脇で小躍りしていてこちらのやり取りなど気

にかけていなかった。ゴールを決めたサッカー選手がパフォーマンスするように、従業員たちに向かって独創的なダンスを繰り広げている。従業員たちがそれを笑顔ではなく澄ました表情で受け止めているのを見ていると、恥ずかしくなってきた。

「な、中司」

少しだけ控えてほしくて声をかけると、中司は弾《はじ》けるような笑顔で振り返る。

「じゃ、行こうぜ」

「え？」

「勝ったんだ。八百万ユーロはチャラだろ？　祝杯上げに行こうぜ！　あ、でもおまえは仕事に戻らないといけないんだっけ？」

あっけらかんとそんなことを言われ、聖は面食らいながら頷く。

「あ、うん、……まぁ、そうだけど」

「じゃー仕方ねぇな。邪魔はしねぇから。俺、適当に飲んでくるわー。仕事がんばれよ！」

芝居がかったウィンクをしてから、中司は近くにいた御用聞きに「ホールまで案内して」と声をかけてさっさと元の道を戻っていってしまった。

残された聖は呆然だ。

もう少し、一緒に喜んでいたかったのに……恋人に放っていかれたことが情けなくて、居たたまれない。そして一連の出来事をレオに見られたことが、なぜか無性に恥ずかしくて仕方がなかった。

「すみません、僕も失礼します」

「特別ルートからお部屋へ案内いたしましょうか？　それとも花束のみお預かりを？」

穏やかな声に同情の色が含まれていないか、聖は注意深く聞いてしまった。

「また、ご希望であれば、代理プレーヤーを中司様にご遠慮いただく書類もご用意いたしますが？」

「……いいえ、それはいいです。あ、でも預託金以上のゲームはできないように手配してください」

中司のいいところは、おおらかで瑣末《さまつ》なことにこだわらない性格だ。しかし裏を返せば、同じ失敗を繰り返す傾向がある。大学生時代に仕送りを月初めに使い切ってしまい、後半の生活に困《こん》窮《きゅう》する様《さま》を毎月のように見ていた。食費を浮かすため、月の後半は聖のアパートに入り浸《びた》ってくれていたので、それはそれで嬉しかったのだが。さすがに今回は、二度目は困る。

「かしこまりました。後《のち》ほど書類をお持ちいたします」

「お願いします。部屋へ案内してください」

御用聞きに導かれて入口とは別の扉から出る聖を、レオはバカラテーブルから見送っている。

なんとなく後ろ髪を引かれながら、聖は特別室を後にした。

‡◇‡

物語の中、『あたし』はいつも、ガラス越しに恋をしていた。

たった一枚の薄いガラス。曇りのない、そこに物体があるとは思えないほど透明な隔《へだ》たりだが、それは『あたし』にとって決して破ることのできない厚い壁だった。

それは、パラレルワールドの境だから。

生まれた時に北の森の魔法使いから贈られたという姿見は、他の人にはただの鏡に見えるらしいが、『あたし』の目には自分の姿ではなく『向こう側の世界』が映っていた。

窓ガラスと同じようでいて、決定的に違うのは、このガラスには開ける方法がないということだ。

『向こう側』には、王子様がいた。

王子様も『あたし』に気がついていた。王子様だけが気がついていた。幼い頃から、互いだけが互いの存在に気づき、見つめ合ってきた。

そしていつしか、恋に落ちた。

『あたし』はこちらの世界で、『姫』と呼ばれる立場だ。

「わたくし」と言いなさいと教育係に口を酸《す》っぱくして言われているが、公式行事以外でそんな言い方をするのは、気取っているような気がして苦手だった。

王子様も同じ感覚を持った人で、屈託のない笑顔を見せてくれていた。

けれど成長するにつれ、互いに笑顔は減っていく。

代わりに見られるようになったのは、せつないまなざし。

恋を、していると。

互いに分かっていた。

ガラスに隔てられていても、声が聞こえなくても、その表情で、熱い視線で伝わってくる。

王子と姫。身分が違うわけでもない。それなのに決して結ばれない。

世界が違うから。ガラスに隔てられているから。

指一本、――触れることができない。

こんなにも、恋しいのに。

⁂◇⁂

「……ふう。書けた」

滞在中の部屋の書斎で、聖は脱力した。

どっぷりと浸《つ》かっていた物語の世界から、ふっと意識が戻ってくる。『あたし』から、聖へ。異次元のお姫様から、なんの取り得《とえ》もないただの男へ。

時計を見ると、特別室でのあの大勝負から五時間が経っていた。

原稿枚数が多いわけではないのに、随分《ずいぶん》と時間を使ってしまった。

聖は『セーラ』というペンネームで、今も毎日ネット小説を配信している。けれど毎日〆切があるわけではなく、毎週月曜日に翌週の配信分をまとめて提出することになっていた。

担当編集者に原稿をデータで送ると、それを切りのいいところで七つに分割して、ケータイで読みやすいように改行したり、漢字をひらがなにしたり、レイアウト作業を出版社側がしてくれる。そして木曜日に、聖の元に配信データサンプルが送られてくる。それをチェックして、完成したデータが翌週の月曜日から配信されていくというシステムだ。

はじめは、改行の多さに驚かされた。スクロールを何度か繰り返さなければ次の文章が現れないようなレイアウトに戸惑い、読みにくいと思った。

けれどセーラの読者は若い女性が大半で、特に人気のある中高生には、こういうポエムのようなレイアウトが受けるらしい。

その感覚はよく分からなかったが、以前、中学生の従姉妹《いとこ》が読んでいるところに遭遇した時、確かに読みやすいという生《なま》の声を聞けたため、そういうものなのかと納得した。ちなみにその従姉妹を含め、親戚は誰も聖がセーラだということを知らない。

知っているのは両親と、三つ離れた姉、それに中司だけだ。その他には出版社の一握りの関係者だけで、前作の映像化の時もスタッフとは特にやり取りはしなかった。監督や脚本家からいくつか質問はされたが、すべて編集部を通して答えてもらった。セーラは完全な覆面《ふくめん》作家なのだ。

「……あ、でも、ここのカジノの人は知ってるな」

パラッツォ・カジノの会員資格を取得するためには、職業を隠しておくことはできないため、正直に申告していた。スイス銀行並みの情報管理力を持つとセレブの間で定評があるらしいので、ここから漏れることはないだろう。

できあがった原稿を送信してから、聖は書斎を出た。

滞在中のこの部屋には、海原の眺望《ちょうぼう》が素晴らしいメインルームの他に、書斎、寝室、ゲストルームにウォークインクローゼットがある。

同じ宮殿の中だが、カジノエリアとは違い華美な装飾はなかった。壁紙の淡い緑色を基調に、アンティーク家具が落ち着いた雰囲気を作り出している。書斎も立派で、ビジネス機器は一通り揃っていた。パソコンも用意されていたが、使い慣れたキーボードでないと集中できないので、ノートパソコンだけは持参している。

できれば住み着いてしまいたいくらい、居心地のいい部屋だ。

しかしなんとなく肩身が狭いような気がするのは、無料で宿泊しているせいだろう。

パラッツォ・カジノは、島一つ全部がカジノの持ち物であり、建物はこの宮殿ただ一つだ。遠目には、海の上に宮殿が直接聳《そび》えているように見える。

この島に足を踏み入れられる客は、パラッツォ・カジノの会員のみで、彼らはカジノで巨額のゲームを楽しむ代わりに島での滞在費を一切請求されない。宿泊費も、飲食代も、その他の遊興費も。毎日贅沢なコース料理に舌鼓《したつづみ》を打ち、高級なワインを浴びるほど飲み、日夜遊び耽《ふけ》っても、『賭け金』以外に財布を開くことがないというのは、聖には少し異様に思えた。

しかし名だたる高級カジノでは、それは普通のことだという。

そして贅沢すぎるサービスを享受《きょうじゅ》している彼らに、無料だからたくさん飲み食いしてやろう……とか、そういうせこさは微塵も感じなかった。物事にあまり頓着《とんじゃく》しないというか、おおらかというか。中司とどこか通じるものがある。

その中司は、メインルームにはいなかった。

日付けが変わるまであと一時間ほど。いつもなら大抵、このメインルームに備え付けられているシアターシステムで日本未公開の映画を楽しんでいる頃なのに。

「中司、いる?」

ゲストルームをノックして開けてみるが、無人だった。バスルームにもいない。

「……まだ、飲んでるのかな」

さすがの中司も、聖と二人で滞在しているこの旅行中に、女性とどうこうなるということはないはずだ。心は聖のものだけれど躰《からだ》は別だと言い切る中司でも、女性との関係を積極的に見せ付けることはない。その代わり、あまり上手く隠そうという努力もしないけれど。それは聖に対して不誠実というよりは、単に気にしていないだけのようだ。

自分は決して触れられない恋人の腕に、セクシーなドレス姿の女性の腕が絡みついているところを想像して、胸がせつなくなる。

本当は味わいたくない、こんな感情。中司に直接口では言えないからと、『あたし』に代弁させているのは、きっと狡《ずる》い。

だから、中司だけが悪いんじゃない。

変なことを言って別れを切り出される方が怖いからと、この状況に甘んじている自分の方が卑怯だと思う。

そう分かっていても、やりきれない時があるのだけれど。

「……ちょっと、探してみようかな」

きっとゲームホールのラウンジか、ホテル棟のバーのどこかにいるはずだ。

聖はカジュアルな室内着からタキシードに着替える。ホテル棟だけならスーツにネクタイで十分だが、カジノの方まで行くならドレスコードがブラックタイ以上だ。

比較的落ち着いた色合いのホテル棟から、煌《きら》びやかなカジノ棟へと移動した。

ゲームホールは夕方よりも賑わっているが、それ以外の場所にはほとんど人がいない。真夜中が近づくと、ゲームに興じるか部屋で寛《くつろ》ぐかのどちらかになるのだろうか。ここはラスベガスのような歓楽街は一切ない。だからこそ、本当にカジノ好きの人たちだけが集まるのだろう。

ゲームホールのラウンジに中司はいなかった。

ホールマネージャーが問い合わせてくれたところ、ホテル棟の展望ラウンジにいることが分かった。わざわざタキシードに着替えて来たのに、無駄足になってしまった。

そしてホテル棟へと戻る途中、思いがけない人に遭遇することになる。

扉が開いて乗り込もうとしたエレベーターに、彼が——レオが一人で乗っていた。

「……っ」

聖は息を呑む。

金色に近い明るい黄色の壁に囲まれた四角い空間が、レオの存在感をさらに引き立てている。

夕方と同じ燕尾服姿の彼は、格好よすぎて、眩《まぶ》しすぎて、同乗するのを躊躇《ためら》ってしまった。

けれど微笑みとともに、優雅な仕草で中へ乗り込むよう導かれてしまったら、断るわけにもいかない。

「……こんばんは。先ほどは…」

なんと言うべきか。すみませんでしたと謝るのは変な気がするし、ありがとうもしっくりこない。

「お気に召していただけましたか？」

「え？」

「真紅の薔薇の花束は」

扉が、スッと閉まる。密室でふたりきりになることに、なぜか胸が騒いだ。

「……あ、きれいでした。コンシェルジュの方が立派な花瓶を用意してくださって、書斎に飾っています。ありがとうございました」

答えながら、眼を逸らしてしまう。

じっと自分に注《そそ》がれているレオの視線が……強すぎて、なんとなく居心地が悪い。

「聖」

「えッ!?」

「美しい名前ですね。聖なるという字に、『きよら』かな音。あなたにピッタリです」

「……あ、はい。……いえ、そんな……」

あからさまに赤面してしまった。名前を、呼び捨てで呼ばれたかと思ったのだ。その声はあまりにも艶やかで、口説《くど》かれているのではと一瞬でも思ってしまった自分が……恥ずかしすぎて穴があったら入りたい！

「聖」

「っ！」

また呼ばれた。いや、呼んだわけではないのだろう。けれどそう誤解してしまう。やめてほしい。

「あなたの髪は、不思議な色をしていますね。染めているのですか？」

ツン、とサイドの髪を一撮《つま》み引かれる。

ぎょっとして見上げると、レオがすぐ傍に立っていた。

「そっ、染めて、ませ……」

一歩下がると、レオがまた一歩寄ってくる。

そのまなざしは熱っぽく、口角はゆったりと笑みを浮かべている。

――何？　なんのつもりなんだ、この人は？

妙な迫力を感じて、聖は四角い箱の中を逃げた。けれど、逃げ切れるわけがなかった。

壁に背中を預けると、レオが真正面から近づいてくる。片手を、聖の顔の横についた。

ふっ、と自分の上に影ができる。レオの端整な顔が近づいてくる。

心臓がばくばくと荒れ狂い、けれど四肢は硬直して動かなかった。

「きみのこの髪、日本では『焦色《こがれいろ》』というのでしょう？」

眼を見張った。そんな古風な表現を、レオが知っているとは思わなかった。

焦げ茶色より明るく、まるで感情の焦がれを表すように赤みが混じった深い茶系。外国の血が入っているという話は聞かないし、家族も普通に黒い髪をしているが、なぜか聖だけこの不思議な色をしている。

「嘆いて、嘆いて、人が虎になるのは中国の伝説だったかな?」

レオの指が、髪に潜《もぐ》り込んでくる。そして指先に絡められる。

「きみは誰に焦《こ》がれて、焦がれて、こんな美しい姿になった? ――口惜《くちお》しい」

指に絡めた髪に、レオがキスをした。

ゾクッと背筋に電流が走る。

警鐘《けいしょう》が脳裏に鳴り響いた。

聖は思わずレオを押しのけ、エレベーターのボタンに手を伸ばす。

けれど、届かなかった。

腰を掬《すく》い上げるように抱き寄せられ、逞《たくま》しい腕の中に捕らわれていた。

薔薇のように甘い香りが漂う。甘くて、どこかスパイシーで、とても危険な。

「逃がさない。聖、私に焦がれなさい」

――誰!?

突然の命令口調に驚愕する。けれどそれが本来の姿だと思った。知っているはずがないのに、聖は確信していた。

そして動けずにいた聖の唇が、強引に奪われる。

「んっ!?」

信じられなかった。

レオの形のいい唇が、自分のそれに押しつけられている。熱い。彼のまなざしの鋭さと同じ、圧倒的な熱量が伝わってくる。そして吸い上げられた。喘《あえ》ぐように息を零すと、僅《わず》かに開いた唇の間に、すかさず舌が潜り込んでくる。

「……っ!?」

――うそ。うそだ。……キス、されてる!?

顔を引こうとした。けれど大きな手が聖の後頭部にしっかりと回され、逃げることは叶わない。逃げるどころか巧みに引き寄せられて、くちづけが深くなってしまう。

「ん、ぅん……っ」

上顎を舐められて、ゾクゾクッと躰が震えた。たった一舐めされただけなのに、信じられない快感だった。同じ場所をまた舐められる。舌先でくすぐるようにされて、唾液《だえき》が溢《あふ》れた。飲み込みきれなくて、顎を伝う。

「キス一つでそんな蕩《とろ》けた表情を見せるとは……。私を虜《とりこ》にするつもりか?」

顎をツ…っと舐め上げられて、がくっと膝から力が抜けた。座り込みそうになった聖を、逞しい腕が抱きとめる。そしてすかさずのし掛かってくる。軋《きし》むほど背中を抱きしめられて、再び唇を塞《ふさ》がれた。

わけが分からない。何が起こっているのか理解できない。

これがキス? こんな――溶けて、奪われて、自分でなくなってしまいそうな行為がキスだなんて。

苦しい。息ができない。息継ぎしたいのに、まるで荒波のような熱烈なくちづけに吸うべき空気をすべて奪われてしまう。

「……ぁ、はぁ……っ、は…っ……」

「聖？」

名前を呼ばれた。

誤解などではなく、レオが、聖の名を呼んでいる。

胸を喘がせながらうっすらと瞼を上げると、漆黒の双眸に間近から貫かれた。

「……あ」

囚われる。

「まさか……知らないのか？」

レオが、ゆったりと笑った。嬉しそうに、不敵に。紛《まぎ》れもない、支配者の表情で。

そして聖の唇をねっとりとなぞり、淡いキスを何度も落としてくる。まだ呼吸が整わない聖を気遣うかのように。

「口を塞がれて苦しければ……。この愛らしい鼻で息をすればいいと、知っているか？」

鼻先にチュッとキスされて、そんなわけの分からないことを言われる。

数秒が経過してから意味を理解した聖は、カッと頬を赤らめた。

――キスしたことないって、バレてる⁉

「なっ…」

「初めてだな？」

「何が、ですか」

「果実の如《ごと》く甘いこの唇を味わったのは、私が初めてだな？　私の他に、きみの唇から溢れる美酒の味を知る者はいないのだな？」

ますます顔が赤くなる。言われている内容にも、聖でさえ思いつかないような詩的で気障《きざ》な表現にも。

「……っ、僕には恋人がいますっ」

「ああ。奪い取るつもりでいた。だがその必要はないようだ」

勝利を確信したハイ・ローラーのように、レオは自信を漲らせる。

「代理プレーヤーの男は浅川聖の恋人である。――そんな報告書を読まされた私の気持ちが分かるか？　人を八つ裂きにしてやりたいと、生まれて初めて思った」

気持ちも、何も。

分かるわけがない。そんなことを言われた今でも、理解できない。レオが何を考えているのかさえ分からないのだから。

それよりも、気になる単語が交ざっていた。

「……報告書？」

「会員登録審査の際に行う身上調査だ。既存の会員を守るためにも、ふさわしくない人間を宮殿に招くわけにはいかないだろう。奴に関しては特例だ。将を射るためには仕方あるまい」

レオの言葉は、責任者という立場の権限の大きさをうかがわせた。

彼に関わることが、なんとなく怖い気がする。

「パラッツォ・カジノの報告書に誤りはない。だが、恋人同士だと名乗っている者たちが本当に恋人の関係にあるか、さすがにそこまでは確かめようがなかった」

羞恥《しゅうち》で躰が熱くなる。

聖はドンッと両手でレオを突き飛ばし、壁に身を預けた。膝にまだ力が戻っていない。

「失礼なこと言わないでください。僕たちは本当の恋人同士です！」

「くちづけ一つ交わしたこともないのに？」

仁王立《におうだ》ちするレオに、見下ろされる。

少し怖かった。けれど怖がっていることを絶対に知られたくなかった。

「っ、そういう、行為とかしなくたって、心で愛し合うことはできるんです。放っておいてください」

「無理を言うな。私はきみを口説いているんだ。そこにつけこまないわけがないだろう」

「くっ…!?」

口説くという言葉に、初対面の時から端々《はしばし》で感じていた熱いまなざしや艶っぽい声が、決して自意識過剰ではなかったと思い知らされる。

「私のものになりなさい、聖」

大きな手のひらを差し伸べられる。ゲームホールで初めて眼が合った時と同じように。

また、あの甘い香りが一瞬漂って消えた。

しかし聖は力を振り絞ってきちんと立ち、誘惑の手からなんとか逃《のが》れる。

「僕には、彼しかいないんです。絶対に別れません！」

そうきっぱり宣言して、階数ボタンを勢いよく押した。けれどなんの反応もない。

——あれ？　なんで？　……っていうか、このエレベーター動いてるのか？

「そういう芯の強いところもそそると、自覚しているのか？　……仕方がない。今日のところは引いてやろう」

溜息混じりにそう言って、手を伸ばしてきた。咄嗟《とっさ》に飛び退《の》くと、レオが階数パネルを操作する。聖が触ってもなんの反応もしなかった階数表示が、何ごともなかったかのように動き出す。ほどなくして、静かに停止する振動らしきものがあった。あまりにもソフトで注意しなければ感じない程度だ。

扉が開いたのは、聖が宿泊しているホテル棟へと続くフロアだった。

慌《あわ》てて降り、振り返らずに廊下を急ぐ。追いかけてこられるのが怖かった。しかしレオは、エレベーター内に留まったままだった。

「聖、よい夢を」

甘い囁きを聴こえなかったことにして、長い道程の果てに聖は部屋に飛び込んだ。

中司はまだ帰っていなかった。けれどもう、ラウンジに探しに行けるような状態ではない。

「中司……」

今はここにいてほしかったのに。

触れられなくても、……触れられないからこそ、姿が見える場所にいてほしかった。

自分は一人じゃないと教えてほしい。誰にも認めてもらえなかったゲイだという事実を、朗《ほが》らかな笑顔で受け入れて恋人になってくれた唯一の人。中司に捨てられたら、聖はきっと残りの人生を一人で生きていかなければならない。

——別れたくないよ……。

ドアに凭れて、聖はずるずると座り込んだ。

躰が熱い。胸の奥が、そして……唇が燃えるように熱い。

それが疼《うず》くという感覚であることに、なんの経験もない聖が気づけるはずがなかった。

※　2　※

恋というものに、ずっと違和感があった。

幼い頃から好きな子は何人かいたけれど、みんな男の子で、だから友だちとして好きなのだと思っていた。

小学生になると、友だちには好きな女の子ができ始めた。

クラスの女子の誰がおまえに気があるとか、バレンタインにチョコをもらったらどうするとか、話しているのを聞くのは楽しかった。けれど、どうしても自分に置き換えて考えることはできなかった。

「キヨはオクテだからな」と、友だちはみんな言っていた。自分でもそうなんだと思っていた。

ところが、中学三年になる直前。自分は女の子に恋ができない人間なんだと、自覚させられるできごとがあった。

小学校の時から大好きな友だち、洋平《ようへい》に彼女ができたのだ。

照れた笑顔で告げられた時、目の前が急に暗くなって、躰の中からめちゃくちゃに揺さぶられるような感覚を覚えた。そして直後、腹の辺りに鉛《なまり》のような重苦しい感情が急に生じて息ができなくなった。

「キヨ？　どうした？」

洋平の驚いた表情。

——取られたくない！

咄嗟に、心で叫んだ。それは友だちに対して抱く感情ではないと、鈍い聖にもはっきり分かった。

他の友だちに彼女ができて、少し淋しくなったりしたことはあったけれど、こんな……嵐のような激しい気持ちは抱かなかった。

——僕……洋平のこと、好きだったんだ……！

そう悟ってしまった時のショックを、聖は大人になった今でもリアルに思い出せる。

初めての恋に気づいた瞬間、聖はそれまでの違和感が腑《ふ》に落ちた。

そうだ。幼い頃から、好きな男の子は何人かいた。友だちの域を出ていない淡い想いだったけれど、それは恋にとても近い感情だった。自分はずっと、同性を恋の対象として見ていたのだ。

「キヨ？　おまえ、まさか……」

「……っ、違う！」

ハッと我に返った聖は、咄嗟に否定していた。自分でも気づいたばかりの性癖を、口に出して認められるような段階ではなかった。

しかし洋平は固い表情で、言葉を続ける。

「……おまえも、あいつのこと好きだったのか」

とんでもない誤解だ。聖はしばし呆然として、それから必死に否定した。けれど図らずも空けてしまった間が、聖の否定を嘘くさく感じさせてしまったようだ。洋平は信じてくれなかった。

それからなんとなくぎこちなくなってしまい、洋平と過ごすことが極端に減った。

春休みが明けてクラスが分かれ、翌年進学した高校も違い、距離がどんどん開いていった。

真正面から顔を合わせたのは、高校二年の時だ。

道端でばったり再会した洋平の隣には、中学の頃とは違う彼女が笑っていた。

胸が、チクチク痛んだ。聖はきっと上手く笑えていなかった。

「……よ。久しぶりだな、浅川」

『キヨ』と愛称で呼ばれなかったことに、聖は驚くほどのショックを受けた。楽しかった思い出を、全部否定されたような気がして。

「……うん、久しぶり。元気だった？」

洋平の苗字を呼び返すことはできなかった。かと言って昔のように名前を呼ぶこともできず、聖は苦々しい気持ちで口にした。

それ以来、すれ違っても挨拶《あいさつ》もしなくなってしまった。

——好きなのに。

心の中で、いつも叫んでいた。

——違う。……好きだから、駄目なんだ。

近づいてはいけない。触れてはいけない。恋を、悟られてはいけない。

聖の恋は、ずっとそうして続いていくことになる。

高校で好きになったクラスメイトも、大学に入ってすぐ恋をした先輩も、聖は決して想いを口にせず、距離を保ちつつ、心の中だけで恋を育《はぐく》んでいた。

自分はそうして一生、ひっそりと生きていくのだと思っていた。

しかしそうはいかなかった。大学三年の時、聖がゲイだと周囲にバレてしまう事件が起こった。

同じ学部の女の子三人が、聖を巡って激しい争いを始めてしまったのだ。

最初は牽制《けんせい》し合うだけだったのが、次第にケンカにエスカレートし、周囲を巻き込んで泥沼化していった。ライバルが所属しているサークルに対して嫌がらせをしたり、ライバル同士が提出したはずのレポートを盗み合っていたり、果てには傷害未遂事件にまで発展してしまい、大学側や親も間に入らなければならない事態に陥った。

事情を聞いた大人たちは、まずは三人の女性をたしなめた。

けれど彼女たちをそんなふうにエスカレートさせてしまった聖自身に本当は問題があると、厳しく叱られることになってしまった。彼女たちの誰かを聖が選んでいれば、もしくは三人ともきっちり断っていれば、こんなことにはならなかったと責める言葉はきつくなっていった。

聖は黙ってそれを受け入れるしかなかった。

自分なりに、彼女たちには付き合えないとはっきり断っていたつもりだし、ケンカをやめるよう仲裁《ちゅうさい》もした。周囲にも相談していたし、協力してくれた友だちもいた。それでも止めることができなかったのだ。あれ以上、どうしようもなかった。

それなのに延々と叱られて、最後には聖一人だけに責任があるように言われて、もう限界だった。

「分かりました。それなら、はっきり言います。僕は誰とも付き合いません」

それまで黙って聞いていた聖が、突然そう宣言したことで、今度は大人たちが慌てた。きみを責めるつもりじゃなかったとか、誰とも付き合うなと言ってるわけじゃないとか、さっきまでの説教を撤回するような言葉を並べる。

聞いているだけでつらかった。

もう、どうでもいいと思った。

「僕はゲイです。だから一生、誰とも付き合えないんです！」

自暴自棄になって声を荒げた聖に、その場がシンと静まり返った。

当事者の三人の女性は信じられないと眼を見開き、彼女たちの親は嫌悪の表情を浮かべ、聖の両親は硬直して顔色を悪くし、学校側は戸惑いと侮蔑《ぶべつ》の色を浮かべていた。

そして今回の騒動に巻き込まれ、同席していた学生たちの反応も、ほとんどが否定的なものだった。

ところが、その中で一人。

中司だけが、あっけらかんとしていた。

「え、なんで誰とも？　女がダメなんだったら、男と付き合えばよくねぇ？　だってゲイって、男が好きな男のことだろ？」

赤裸々《せきらら》な物言いに、教授が止めに入った。けれど中司は、ただ不思議そうに首を傾《かし》げている。

「おまえ彼氏とか、好きな男とかいねぇの？　いたらこいつらだって諦《あきら》めんじゃねぇの？」

その前に、聖がゲイだと言った時点で彼女たちの気持ちは冷めたような気もするのだが。

「浅川？」

「……あ、うん。い…ない、けど」

いるとは言えなかった。入学してからずっと先輩に片想いしているけれど、その当人は輪の外側で嫌そうな顔をしていた。名前を言うつもりもなかったけれど、好きな人がいるということさえ言うのが憚られる表情だった。

「ふぅん。じゃ、彼氏作れば？　一生一人なんて、淋しいこと言うなよ～」

あははっと朗らかに笑い声を上げたその時の中司に、心を奪われてしまったなんて……単純だろうか。

けれど中司がその時言ってくれたことは、聖の人生観を変えたのだ。

『好きな男いねぇの？　彼氏作れば？　一生一人なんて淋しいこと言うなよ』

――いいの？

堂々と、人を好きになってもいいのだろうか。

好きになってしまった人から、一生懸命離れなくていいのだろうか。

一生……一人で過ごさなくても、いいのだろうか。

泣きたくなった。自分という人間が、初めてありのまま認められたような気がした。

結局、中司のあっけらかんとした発言のおかげで場が深刻すぎる事態に陥ることはなく、気まずいまま解散となった。

その後、聖を取り合っていた三人は聖など初めから存在していなかったかのようにそれぞれのキャンパスライフを謳歌《おうか》し始め、両親と姉は偶然知ってしまった聖の性癖を腫《は》れ物のように扱い、周りの学生たちや学校側は遠巻きに、何ごともなかったかのように空々しく振る舞った。

そして聖は、大学内で一人で過ごすことが増えた。

それまでは黙っていてもどこからか人が集まってきて、笑顔が絶えない学生生活だったのに、あの一件で激変してしまった。

そんな中、彼だけは違っていた。

中司だけは普通に挨拶して、聖に屈託のない笑顔を見せてくれて、学食で会えばお昼を一緒に食べたりもして、むしろ以前より話をするようになった。

以前はただ同じ学部で授業がいくつも重なっているというだけで、特に親しい間柄ではなかったのに。中司のいいところがたくさん見えてくる。

彼はとにかくおおらかだ。そして絶対に、人の陰口を言わない。

一緒に過ごす時間が増えるにつれ、中司に惹《ひ》かれていった。

好きになってはいけないと気持ちを抑えれば抑えるほど、溢れるのを止められなかった。

中司は物事にあまりこだわらないので、月初めに仕送りを使い果たしてしまって後半はいつも食費の工面《くめん》に喘いでいる姿さえ、可愛いと思うようになっていた。

そんなある日、学食で聖の定食をテーブル越しに摘んでいた中司に、見知らぬ学生が冷やかしの声をかけた。

「仲良くお昼をはんぶんこ、ってか？　ホモのくせに、堂々とイチャついてんじゃねーよ」

それを聞いた他の学生たちは、興味本位の眼を向けてきた。

聖は赤くなって、俯《うつむ》くことしかできなかった。

自分のせいで、中司を巻き込んでしまった。彼はゲイじゃないのに。ただの友だちなのに。

ところが、中司ときたら。

「ばーか。合コンで俺様に連敗してるからって、ひがんでんなよ。だいたい、ホモのくせにってなんだそりゃ。ホモは堂々とイチャついちゃいけねぇのかよ」

「ちょっ、中司。そんな言い方したら、おまえまで同性愛者だって誤解されるよ」

「え、そう？　まあ別に関係ない奴になんて思われてもいいけど。狙《ねら》ってる女の子には、俺がカラダで証明すりゃいいだけだし」

あっけらかんと。言ってしまえる中司に、聖はまた自分の中の常識を覆《くつがえ》される。

人目を気にして、小さくなって生きる必要はないのだろうか。

「ゴチャゴチャ言ってんじゃねーよ、ホモのくせに！」

ドンッとテーブルに手をついて怒鳴った学生を、聖は反射的にキッと睨《にら》みつけた。すると彼は、急に赤くなる。

「みっ、見んな！」

よく分からない捨て科白を残して、足音も高く食堂を出ていった。

聖が呆気《あっけ》に取られて見送っていると、中司は愉快そうにひゃひゃひゃと笑う。

「あいつ、真っ赤だったな。おまえに惚《ほ》れてんじゃねぇの？　だから俺に絡んできてたのかー。よかったじゃん、浅川。彼氏できそうで」

「やめろよ」

からかうような物言いに眉根を寄せると。

「好みじゃねぇの？　でも好きな奴いないんならさ、向こうから好きって言ってくる人と付き合うのもいいんじゃねぇの？」

「好きな人ならいる」

「お、できたんだ？　誰？」

「中司」

どうしてその場でそんなことを言ってしまったのか、自分でも分からない。

食堂の一角、自分の周辺が一瞬にして静まり返ったことで、聞き耳を立てられていたことを改めて認識する。

中司の反応に、誰もが注目していた。

彼はポカンと口を開けて、それからテーブル越しに身を乗り出して聖の顔を覗き込んできた。

聖の方が、身を引いて逃げてしまう。

「冗談？」

「ううん。……ごめん」

「なんで謝るんだ？」

「だって……気持ち悪いだろ？」

「なんでさ。だって浅川は男が好きなんだろ？　だったら俺に惚れてもおかしくねぇじゃん？」

どういう意味で言っているのだろう。自分で告白したくせに、こんな場所で込み入った話をすることに困惑《こんわく》した。

「でも俺、ホモじゃねぇんだ」

「……分かってる」

「男とセックスするとか、想像もできねぇ」

顔が熱くなる。成人した男がそんな単語くらいで動揺してどうするのかと思うのだが。

「だからおまえを抱くなんて、絶対ないぞ。キスも無理。手を繋《つな》ぐのも……握手だったら別にいいけど、恋人繋ぎはゴメンだ。それでも、俺のこと好きなのか？」

「……うん。——好き」

ぎゅ、っと胸が痛くなった。

好きな人に、初めて。『好き』と言葉で伝えられた瞬間だった。

気持ちを伝えるだけで、こんなに胸の中が甘くなるなんて知らなかった。振られると分かりきっていても、伝えられただけで幸せだ。

「好き。……友だちなのに、好きになってごめん」

「友だちじゃなくなりてぇの？」

ギクッとした。それは、もう声をかけてくるなと遠回しに言われているのだと思った。

ところが。

「俺を彼氏にしてぇの？　カラダの関係一切なしでも？」

「は？　……え、そりゃ……まあ」

気のない返事になってしまったのは、あまりにも予想外なことを言われたからだ。

「じゃ、付き合う？」

「…………は……？」

目が点になる。頭が真っ白というか、理解が追いつかないというか。

「おまえ、恋人いた方がいーよ。ホモだって公言してからの方が、なんかミョーな色気振りまいてっからさ、サークルの女どももキャーキャー騒いでんだ。一人でいたらまた変なのに絡まれそうだからなー。絶対、恋人いた方がいい」

「やっ、でも、あの、その……」

言葉にならない。

「俺も今んとこセフレしかいねぇし、誰か一人に絞る気なかったからさ、カラダは別でいいっつーんなら、全然問題なし。俺が恋人になってやるよ」

あれ？　と思った。

中司は今後もセフレを切る気はないということだろうか。

ようするにボランティア？　偽装で恋人のふりをするということ？

そう気づいた瞬間、泣きそうになった。浮かれていた気持ちが、どん底まで突き落とされる。

「あのー……それって、カップルを装いましょうってこと？」

突然、声が割り込んできた。気づけば、食堂中が静まり返っていて、もうみんな隠すことなく注目していた。質問を投げかけてきたのは隣のテーブルの女子だ。

聖は羞恥で真っ赤になった。居たたまれず、席を立とうとした時。

「ちげぇよ。ちゃんと恋人！　ただカラダの関係がないだけで」

「それって友だちとどう違うの？」

「全然違うだろー。愛があるじゃん、恋愛の愛が！」

破顔した中司が、真夏の太陽みたいに眩しく見えた……と後《のち》に言ったら、ポエマーだな！　と笑われてしまったけれど。

聖には、本当にそう見えた。

そして中司は、まさに太陽のような存在になった。

「好きだよ」と言うと、「うん、分かった」と答えてくれる。恋心を伝えることを許してくれる。受け入れてくれる。それだけで聖は天にも昇るほど幸せだった。いつも笑っていられるようになった。

それから、友だちが戻ってきた。

聖と中司がプラトニックな恋人同士だと知れ渡り、却《かえ》って開き直れた聖が中司と話をしていると、そこに加わる友人たちが増え始めたのだ。

みんな、聖とどう接していいか分からずにいたらしい。聖自身、頑《かたく》なになって無意識のうちに友人たちを拒んでいたところがあった。それが、中司という恋人を得たことですべてがいい方向に変わっていった。

もちろん、変な奴らだと悪態をつかれることもあった。けれどそのたびに中司が、「あんな奴らに何言われたって関係ねぇじゃん」とあっけらかんと言い切ってくれるので、聖もあまり気に病まずに済んだ。

大学を卒業して、聖は設計事務所に勤めた。

中司が家業を継ぐための修行をするとアルバイトをしながらレジャー施設を渡り歩いている間も、彼が東京に帰ってきた時の家になって支えた。

その頃から、聖が「好きだよ」と言うと、中司は「うん、愛してるぜ〜」と答えてくれるようになった。初めて言われた時は、丸一日何も手につかないくらい嬉しかった。

抱きしめてほしいと、その時初めて思った。

けれどそんなこと、言えるわけがなかった。

好きになればなるほどせつなくて、愛してると言葉をもらえばもらうほど、いまだ知らない体温が恋しくなった。

触れたいのに、触れられない。

想いがあるのに、叶えられない。

せつなくて、せつなくて——聖は胸に積もった切なさを吐き出すために、ケータイ小説を書き出した。

メールアドレスを登録するだけで誰でも簡単に、無料で小説を発表できるというウェブサービスがあり、聖は何気なく目についたそのサイトで更新を始めた。

たくさんの人に読んでもらいたいと思ったわけじゃない。ただ、誰かの目に留まる可能性がある場所で書きたかった。誰にも秘密の物語ではなく、通りすがりの誰か一人でも読んでくれたら満足だという気持ちだった。

だから閲覧《えつらん》数がうなぎ上りに増えていっても、正直なところ実感などなかった。そこに刻まれる数字が人数で、その数だけ読んでくれている人がいるということさえ、いまいち理解しきれていなかった。

やがて閲覧ランキングで一位を飾る日が増え始め、そのうち独走することになった。

その後は、現実ではないようなトントン拍子《びょうし》で書籍化、ドラマ化、映画化……と、過ぎ去っていったように思う。

ちょうどその頃、設計事務所でも女性を巡るトラブルに巻き込まれ、居づらくなった聖は事務所を辞めた。すかさず転職先を探し始めた聖に、担当編集者が意外そうに言った。

「え、専業になるんじゃないんですか？」

専業という言葉さえ馴染《なじ》みがなかった聖は、初めて、ケータイ作家としてのキャリアを振り返った。自分にキャリアと呼べるものができていることにさえ、その時になるまで気づかなかった。

「こっちを本業にしちゃいましょうよ！　新作の連載始めませんか？」

そんなふうに誘ってもらったが、これを職業にできるほど自分に能力があるとはどうしても思えない。ただ、新連載には興味があったので、とりあえず取り掛かるだけでも……と開始した現在の形の連載も、もう半年近くになろうとしている。
人生は、何が起こるか分からない。
予想もしなかった事態に陥るのが、聖は怖い。
けれど中司が一緒なら、乗り越えていけると思う。
一人じゃないから。
恋人が一緒だから。
こんなに心強い言葉はないと、聖はいつも中司に感謝していた。

※　3　※

レオと遭遇するのが怖くて、ゲームホールにはなるべく来たくなかったけれど、中司が一緒にカジノを満喫《まんきつ》しようと誘ってくれたので断りきれなかった。

聖がバカラのルールを覚えたことが、殊《こと》の外《ほか》嬉しかったらしい。

中司は二人で同じゲームに参加するつもりで誘ってくれたようだが、残念ながらそれは叶わなかった。

中司は聖の代理プレーヤーだ。ようするに聖がプレーするなら、中司に参加資格はなくなる。ホールマネージャーからそう説明されて、中司はとても悲しそうな表情をした。聖がゲームをすると言い出したら、自分は指を咥《くわ》えて見ていなければならないと思ったようだ。

「僕はいいよ。中司がして。ルールが分かったから、見てるだけでももっと楽しいと思う」

「そうか？　悪《わり》ぃな」

パッと笑顔を閃《ひらめ》かせた中司は、嬉々《きき》としてプレーヤーソファに座った。昨日大負けして大変な目に遭ったことなど、もちろんもう気にしていない。

中司の背後からゲームを眺め続けて一時間ほどが経った時、遠目にレオの姿が見えた。

ドクンと鼓動が高鳴る。

なぜこれだけのことで鼓動が乱れるのかと動揺したが、きっと緊張感とか身の危険を感じたとか、そういう意味に違いないと自己分析する。レオという存在そのものが、聖にとっては綱渡りのように足を竦《すく》ませるものなのだ。

もしもこの場にレオがやってきたらどうしようと、そのことばかりが気になった。

またあの言葉巧みな口説き文句を言われたりしたら、中司に誤解されてしまうかもしれない。求愛してくれる人が現れてよかったな、じゃあ俺はお役御免だな、などと別れを切り出されることが一番怖かった。それだけは嫌だ。中司に捨てられたら、一人になってしまう。

「中司、ごめん。ちょっと座りたくなったから、ラウンジで休憩してくる」

「おう、分かった。悪ぃな、立たせっ放しで」

「ううん。僕も楽しんでるよ。じゃあ、また後で」

ゲームホールでは、プレーヤー以外に椅子は用意されない。おかげでこの場を離れる言い訳になって助かった。

しかし、部屋に戻るわけにもいかなくて聖は困った。

どこかレオに見つからず、時間稼ぎができる場所はないだろうかと考える。

——あ、本当にラウンジに行けばいいのか。あそこなら客以外が寛げないし、人目もある。

ゲームホールからは観葉植物の壁で隔てられているラウンジに入ると、客はほとんどいなかった。

まだ午後になったばかりだ。酒を楽しむには早い時間だし、休憩に来るほどゲームに没頭していた人もいないのだろう。

ボーイにホットチョコレートを頼む。ほどなくして運ばれてきたそれは、飲み物というよりほとんど板チョコを湯煎《ゆせん》しただけのような、ドロドロの液体チョコレートだ。初日に日本のココアの感覚で頼んだものがこういう外見で出てきて驚いたものだが、甘党の聖は一口で気に入った。舌が痺《しび》れるような甘さが、疲れた躰にホッと安らぎを与えてくれる。

――とりあえず今回は見つからずに済んだけど、どうしよう。戻ったらいなくなってくれてるといいんだけど。

昨日まで一度も見かけなかったので、レオがゲームホールに詰めていないことは確かだ。他の従業員に、レオがいない時間帯を聞けばいいのだろうか。……いや、逆にそう聞いたことを報告されてしまいそうだ。それなら自分で、レオがいないかどうか覗きに行く？　……その行為自体が不審だと、これもまた報告されそうだ。しかも顧客データに記録される恐れがある。

――部屋から出ない方がいいのか？

幸い聖には仕事があり、退屈することはない。カンヅメになりたいと言えば、中司も勘繰《かんぐ》ったりしないだろう。

けれどせっかくルールが分かって、一緒に楽しめることを喜んでくれているのに……。

それに、滞在予定は二週間で申し込んである。今日はまだ六日目だ。残りの日数をずっと部屋に籠もり切りというのは不自然な気がした。

いろんな案が浮かんでは否定されていく。

ホットチョコレートを飲み干してからも、しばらく考えを巡らせていた。しかし結局名案は浮かばず、とにかく姿を見かけたら即座に逃げるという対処法しか聖には考えつかなかった。

——仕方ない。行くか。

周囲に意識を張り巡らせるよう気合を入れてから、聖は席を立った。

そしてラウンジから、観葉植物の壁を越えてゲームホールへ戻ろうとしたところ。

「ようやくお戻りか。きみは私を焦《じ》らすのが得意だな」

唐突に声がした。艶やかなテノールで、まるで歌うように、楽しげに。

——なんで!?

ビクッと首を竦めたものの、聖は振り返らなかった。声の主がレオであることは明白だ。振り返ってはいけない。彼の眼を見たら危険だと、本能が告げていた。

「待ちなさい。私を無視してどこへ行く気だ?」

背後から胴に腕を回され、ふわっと躰が宙に浮く。バランスを崩しそうになった聖の手をすかさず取ったレオは、ダンスでもするかのように聖を優雅に方向転換させた。中司がゲームをしているテーブルの方ではなく、ホールの奥へ向かって歩かされる。

「は、放してください」

抵抗を試みるが、がっちりとホールドされていて逃げられなかった。レオの片手は聖の手をしっかりと握り、もう片方の手は腰に回されている。

「注目を集めたくないなら、黙って歩きなさい」

今さらだが、レオは当然のように命令口調だ。

——カジノ側の人間が、客に対して命令していいのか？

いくら責任者とはいえ、従業員は従業員なのだから。

ここで注目されて困るのは、むしろ聖よりもレオに違いない。

「放せよっ。僕は別に見られても困ることは……え？」

強気に振り返った聖の目に飛び込んできたのは、襟に金刺繍のない普通の燕尾服姿のレオだった。これだと、客に紛れてしまって従業員だと分からない。

「今日の私は、愛するきみを攫《さら》いに来た——ただの男だ」

耳朶《じだ》に唇を寄せて囁かれ、背筋がぞくっとした。鼻腔をくすぐる薔薇の香り。甘くてどこかスパイシーな、レオだけの香り。

咄嗟に耳を押さえて睨みつけるが、レオは艶っぽい笑みで受け止める。

「そんなふうに頬を紅潮させて、挑戦的な眼で男を見るものではない。捻《ね》じ伏せて、きみを奪いつくして、とろとろに蕩けるまで甘やかしてやりたくなる」

「なっ……！」

何を言い出すのか、この男は。

怒りと羞恥で胸の中がぐちゃぐちゃになる。

中司とは絶対に別れないと、自分には彼しかいないのだと昨日きっぱり宣言したのに。

「忠告を聞き入れないのは、私に奪ってほしいからと解釈するが？」

「変な解釈しないでください！　僕はあなたなんか…」

「黙って」

一瞬の出来事だった。

躰の向きをまた強引に変えられ、正面から向かい合う体勢にされる。そして背中が、大理石の彫刻に押しつけられた。陰ができる。こんなにも壮麗で、一片《いっぺん》の死角もないほど煌びやかなゲームホールの中で、この、ほんの僅かな空間だけが人々の目から隔絶される。

「やめ…っ」

聖は逃げようとした。けれど逃げられなかった。肩をがっちりと押さえつけられ、すかさずレオの唇が襲い掛かってくる。

ドクン、と鼓動が一つ、大きく脈打った。

触れる……触れてしまう。

――駄目……っ！

心で叫んだと同時に、圧倒的な熱に覆われた。

レオの唇は燃えるように熱い。唇をこじ開けられ、舌が強引に入り込んでくる。濡《ぬ》れたそれに己の舌を搦め捕られ、痛いくらい吸われた。

「んっ！」

舌が千切《ちぎ》れるかと思うほどの、荒々しい行為。解放された舌が、ジン……と痺れる。もうやめて、と逃げる聖の舌を、またレオが強引に絡める。吸われて、今度は彼の口腔の中に攫われた。

カリッと甘く噛まれて、躰に震えが走る。

「きみのくちづけは甘い。極上のチョコレートにも勝る」

ふふ…と含み笑いとともに囁かれて、聖はカァッと頬を赤らめる。飲んだばかりのホットチョコレートの味が、舌に残っていたのだと……それがレオにも分かるくらい濃厚な接触をしているのだと、妙にいやらしく感じた。

「も、やめ…」

「黙って。きみも、この甘さに酔えばいい」

また、くちづけられる。唇を甘噛みされ、聖は無意識のうちに唇を開いていた。舌が侵入してくる。拒まなければいけないと歯を食いしばるのに、舌先で唇の裏をチロチロと舐《な》められて……そのくすぐったさに、すぐに耐えられなくなってしまった。

「……あ…っ」

吐息が零れる。ガクッと足から力が抜け、座り込みそうになった。それをレオが支えてくれる。そして聖の両腕を巧みに持ち上げ、自分の肩に回すようにさせた。

思わずしがみつく。指先に、髪が触れた。レオが聖の背中を力強く抱き締める。顔の角度が変わり、唇の交わりが深くなった。レオの指が、聖の頭皮をマッサージするように優しく揉《も》む。ゾクッと電流が背筋を流れた。うなじ、耳の後ろ……揉まれるたびにゾクゾクする。レオの指の動きに合わせて吐息が零れていることに、聖は気づいていなかった。けれど無意識のうちに、聖も艶やかでしっとりとしたレオの髪に夢中で指を潜《もぐ》らせていた。互いに求め合う、甘いくちづけ。狂おしいほどの熱の交換。どきどきして、胸が痛くて、たまらなかった。

「聖は覚えが早い。呼吸の仕方も、キスの応《こた》え方も、——私を虜にする方法さえも、もうマスターしたようだ」

「……っ！　……な、して……」

突き放そうとするのに、手に力が入らない。舌も唇も痺れて抗議することさえできなかった。

またキスされる。

閉じた眦《まなじり》に涙が滲《にじ》む。

苦しくて、躰が熱くて、……もうどうにでもしてほしい、と心の片隅で思った時だった。

「な…に……。何してんだよッ!?」

唐突に割り込んできた怒鳴り声に、頭から冷水を浴びせられたように血の気《け》が引く。

——中司!?

レオの唇を振りほどき、声の方を見た。

中司が仁王立ちしている。……その中司を追うように後方から女性が現れ、彼の腕に甘えるように手を絡みつけた。女性はレオの腕に囚われている聖に気づき、男同士であることを非難するように顔を顰める。

ショックだった。

こんな場面を中司に見られたことも、彼がまた女性と一緒にいることも。

「いつから浮気してた!」

怒鳴った中司の顔は、怒りに満ちていた。眉が釣り上がり、顔を真っ赤にして肩を怒らせている。

「ち、違うよ!　誤解だ!」

聖は渾身《こんしん》の力でレオの胸を押し返した。

レオの手が離れると、聖は座り込みそうになった。足にうまく力が入らない。くちづけの余韻か、直面している恐怖のせいか、自分でも理由が分からない。

「浮気なんかしてない。僕には中司しかいないんだ」

「嘘つけ!　今、その男とキスしてたじゃねぇか」

「抵抗したよ!　でも力じゃ敵わなくて……」

「やらしい表情して気持ちよさそうにしてたくせに、言い訳すんな、この淫乱！」

頭を殴られたかのようなショックを受けた。

酷《ひど》い言葉を投げつけられたことにも、傷ついた。

けれどそれよりも、中司がこんなふうに人を罵《のの》る姿を初めて見て、それがまたショックだった。

それなのに……心のどこかで、喜んでいる自分もいる。

中司がここまで怒ってくれるのは、自分を愛してくれているから？

ちゃんと、愛されているのだと。

躰の関係なんかなくても、やはり恋愛は成立するのだと、こんな形ではあるが証明されたような気がして。

「中司、聞いて。本当に誤解なんだ。僕は……」

話せば分かってもらえると思った。

中司はいつだっておおらかで、過ぎたことは気にしない人だから。

それなのに、今日の中司は違っていた。

「昨日のも、そいつとグルだったのか」

「……え？」

「俺に借金背負わせて、まんまと手ぇ切るつもりだったんだろ！」

何を言っているのか分からなかった。

借金を作ったのは中司だ。しかも彼自身の借金ではない。ゲームに負けて、それを挽回しようとして、聖を担保にして……。

いや、しかしあの巨額の借金は中司だけが原因だったのか？　本当は途中でゲームをやめようとしていたのに、こんな増額方法があると耳打ちされたとしたら……。

レオに対する猜疑心《さいぎしん》が芽生《めば》える。

「己の浅知恵をそれ以上露呈《ろてい》したくなければ、黙るといい」

レオが、聖の前に立ちはだかった。中司と対峙《たいじ》する。

「借金を背負うだと？　おまえが、聖に背負わせたのだろう。それに私たちがグルだというなら、借金帳消しになるゲームなど持ちかけなかったとは思わないのか？」

確かにそうだ。レオに対して疑心暗鬼になりかけていた心に、ふっと灯《あか》りが差す。

しかしすべてを鵜《う》呑《の》みにするわけにはいかない。一見すると分からない罠を、巧妙に仕掛けられている可能性がある。

「お、おまえ、従業員のくせに客にそんな口利いていいと思ってんのかよ⁉」

「残念だが、パラッツォ・カジノは品位のない者を客とは認めない。即刻叩き出されたくなければ、冷静になることだ」

「おい、ホールマネージャーを呼べ！　責任者をここへ連れてこい！」

中司がゲームホールに向かって大声で怒鳴る。御用聞きが颯爽と駆けつけ、まずは中司の傍にいた女性客をエスコートして遠ざけたかと思うと、今度は中司を両サイドから挟むように腕を掴んだ。まるで拘束《こうそく》だ。

「おい、何するっ」

聖はおろおろと中司とレオを見比べる。放してあげてほしい。けれど他の客たちが騒ぎに気づいて遠巻きに様子をうかがい始めたので、そう願い出るタイミングが掴めない。

「お呼びでしょうか?」

ホールマネージャーが到着した。いつもゲームホールに詰めている責任者だ。

彼は中司を素通りして、レオの前に立つ。

「騒がせた詫《わ》びを全プレーヤーに。それから、例のものは?」

「ご用意しております」

御用聞きが銀のトレーに乗せたカードを運んできた。

赤い紙に、金色の文字が刻まれている。下段に日本語が、上段にイタリア語らしい文章が綴られていた。

レオがそれを手にし、中司に向かって掲げる。

「パラッツォ・カジノ・オーナー、レオ・ヴォルタロッツィの名において命じる。浅川聖代理プレーヤー中司文博の資格を剝奪《はくだつ》、パラッツォへの立ち入りを禁ずる」

——オーナー!?

聖は眼を剝《む》いた。

そのカードの意味を知ったらしい周囲の客がざわめく。

中司は驚きと、そして憎しみの入り混じったような表情でこちらを睨みつけていた。レオだけでなく、聖に対しても。

怖くてたまらなかった。中司に捨てられたら、一人になってしまう。

「中司、一緒に帰…」

「慰謝料、寄越せよ」

話しかけようとした聖を遮《さえぎ》って、中司が唸る。

「浮気して、俺が邪魔になったから、そのオーナーとグルになって俺を陥《おとしい》れたんだろ。お望み通り、別れてやるよ。だから慰謝料寄越せ」

「やっ、やだ！　お金なんかいくらでも出すから、別れないで！」

「聖！」

中司のもとに駆け寄ろうとした聖を、レオが引き戻す。

「自分を安売りするな！」

叱責《しっせき》されて、聖は首を竦めた。

レオの双眸は怒りに燃えている。何がそんなに彼を怒らせたのか分からなかった。

「きみは、私に愛されるに値《あたい》する唯一の人間だ。自分の価値を自覚しなさい」

堂々と言い放ったレオに、聖は驚愕する。

日本語が分かる従業員はたくさんいるのに。もしかしたら、客の中にもいるかもしれない。

レオがオーナーだというなら尚更、他人に知られていい話ではないはずだ。

それなのにレオは、一瞬も怯《ひる》まなかった。

聖の手首をしっかり握ったまま、中司に向き直る。

「金での解決を望むなら、私が出そう。ただし慰謝料ではなく手切れ金だ。今後一切、聖に関わらないでもらおう」

「何を…っ」

「十億！」

中司が叫んだ。目が血走って、見たことのない醜《みにく》い表情にショックを受ける。

——十億円!?　そんな大金……！

昨日のゲームの借金額とほとんど同じだ。中司はやはり、昨日のことは聖たちに仕組まれたものだと誤解しているのだろうか。

「十億寄越すってんなら、別れてやるよ」

「……中司」

悲しかった。その言葉が、中司の本心に聞こえてしまったから。

金で売り買いできるような存在だったのだ……彼にとっての自分は。

「いいだろう。では誓約書にサインを。今後一切、浅川聖に関わらないこと。会うことはもちろん、連絡を取ることも禁止だ。その手切れ金として、私から十億ユーロ支払おう」

「えっ!?」

「えっ！」

聖と中司の声がハモッた。

「何か不満が？」

「……え、いいえ。ユーロじゃな…」

「浅川！　黙ってろ！」

怒鳴られて、聖は口を噤《つぐ》んだ。やはり中司も十億円のつもりで言ったのだ。それでもものすごい金額なのに、通貨の勘違いで百倍以上の金を中司は手にすることになった。

「誓約書、早く寄越せ。ペンも！」

ホールマネージャーが用意した書類に、目も通さずに中司はサインした。

そして聖に、晴れ晴れとした笑顔を見せる。

「じゃあな、浅川。そのイタリア野郎と幸せになれよ」

いつもの彼の、おおらかさが戻っていた。

※　4　※

中司《なかつかさ》が聖《きよら》の前から姿を消した。

ゲームホールでのあの騒動の直後、聖は滞在していたホテル棟の一室から、パラッツォの最上階にあるオーナーの自宅へ移動させられた。

いつの間にか聖の荷物はすべて運び終えられており、元の部屋にも中司のものは一つも残っていなかった。

長年心の支えとしてきた恋人を失い、聖は茫然自失《ぼうぜんじしつ》と……するはずだったのに。

なぜか、恐れていたほどの絶望を味わっていない自分に、むしろ聖は混乱した。

——どうして？　中司が離れていっちゃったんだよ？

自分で自分が分からない。そのことに焦りを覚える。

もしかしたら、衝撃が大きすぎて感情が追いついていないだけなのだろうか。一人でじっくり自分を見つめ直したい。

そう願っているのに、そんな余裕さえ与えられない生活が三日も続いている。

「もう、いい加減にしてください。こんなにたくさん買ってきてどうするつもりですか。僕は絶対に受け取らないって、言ってあるでしょう⁉」

今日も山のようなプレゼントの箱を運び込ませるレオに、聖は食ってかかった。

朝な夕なと花を贈られ、服や靴、鞄《かばん》に宝石に聖にはその用途さえ考えつかない贅沢品《ぜいたくひん》に……あらゆる贅を尽くしたプレゼント攻撃に、聖はますます頑《かたく》なになる。

「これが私流の口説《くど》き方だと言っただろう？　それが嫌なら、きみが早く私の愛に応《こた》えるといい」

「こんな、物で懐柔《かいじゅう》しようとするのがあなたの言う愛なんですか⁉」

「懐柔とは心外な。私はただ、きみが愛しくて仕方がないだけだ。花を見ればきみに贈るとどんな表情をしてくれるだろうと楽しみになるし、仕立てのいい服を見ればきみが袖《そで》を通したらどんなに素敵だろうと想像させられる。仕事をしていても、誰かと話していても、常にきみのことを想っている。それを伝えるために贈り物を選んでいたら、自然と大量になってしまうだけだ」

「え。これ……自分で選んだんですか？　全部？」

秘書などに適当に見繕《みつくろ》わせているに違いないと思っていたのに。

「きみのための贈り物を、他の誰かに任せると思うか？」

——思ってました。すみません。

少しだけ、聖は反省した。プレゼント攻撃というやり方は理解できないけれど、彼の真心を誤解していたのなら申し訳ない。

「……でも、本当に、こういうのは困ります。それより……日本に帰らせてほしいです」

「何か急ぎの用でも？　それなら自家用機で送迎するが？」

――冗談……だよね？

あまりにも壮大な話で、迂闊《うかつ》に返事ができない。

「そう急ぐこともあるまい？　もともときみが予定していた滞在期限にも、まだ満たないのだから」

確かに、二週間の滞在予定をあと六日残している。

けれどレオのこのニュアンスには、もっと違う含みを感じた。

例えば、中司に支払った十億ユーロの存在をチラつかされているような……。

突然不安に襲われ、聖は身震いした。今、自分が置かれている立場が分からなくて。

「私はきみの笑顔が見たいだけなんだ、聖」

甘い笑みを頬《ほお》に浮かべたレオが、聖の頬に手を伸ばしてくる。

触れられる寸前、なんとか躱《かわ》した。けれど反対の手で腰を抱き寄せられてしまう。

「っ、ヴォルタロッツィさん！」

「レオだ。何度頼めば、きみはそう呼んでくれる？」

「……そ、そんな、名前で呼ぶほど親しくありませんから！」

「なるほど、大和撫子《やまとなでしこ》は礼儀を重んじるということだね？　だが、形から親しく接するうちに心も近づくと私は考えるのだが？」

レオはどこか楽しそうに聖に迫ってくる。くいっと聖の頤《おとがい》をつまみ上げ、間近で視線を絡めた。

「だから、どうかレオと呼んでくれないか？　小鳥のさえずりのように愛らしいきみのその声で」

鳥肌が立ってしまった。あまりにも芝居がかったクサい科白《せりふ》のせいで。

「離してください」

「なぜ？　もしかしてきみは、私におねだりされたくて頑なに呼び名を変えないのかな？」

「は!?」

「かしずかれて頼まれたい？　キスして囁《ささや》きながら？　それとも……薔薇《ばら》のベッドで？」

「どれもいりません！　結構です！」

レオを押しのけて、唯一施錠《せじょう》できる個人空間の書斎に飛び込む。

小説は他人がいるところでは書けないと主張しまくって、なんとかもぎ取った、安心できる場所だ。

寝室もゲストルームを一人で使わせてもらっているが、鍵がかからない。レオが強引に押し入ってくることはないが、落ち着くことなどできなかった。

聖がレオの自宅を間借りしている状態なのだから、ある程度は仕方がないと、なんとか自分を納得させている。

もしも身の危険を感じたらそんな悠長なことなど言っていられないが、今のところ無体なことはされていなかった。強引にキスを奪った人物と同じだとは思えないほど紳士的だ。

そして勝手に帰国できないとはいえ、軟禁されているというわけでもない。島内なら自由に出歩けるし、行動を制限されることもなかった。ただ、従業員の眼が常につきまとっているけれど。むしろレオの家の中に留まっている方が、気負いなく過ごせる。

このフロアは全室オーシャンビューという開放感溢《あふ》れるとても贅沢なものだ。ゲームホールと同じように壁は真紅と金模様で統一され、猫足のチェストやテーブル、飾り棚などもさりげなく置かれていて、中世の宮殿にタイムスリップしてしまったかのようなゴージャスぶりだ。そしてヴェネツィアン・ガラスの置物や装飾品が所々に飾られ、きらきらと美しい。ヴェネツィアン・ガラスは昼間は陽光を浴び、夜はキャンドルに照らされ、幻想的な世界を作り出していた。

そんなお伽《とぎ》の国のような部屋で、顔を合わせるたびに甘ったるい科白で口説かれると、まるで自分が物語の主人公になったかのようなふわふわとした気分にいざなわれる。

けれど、そんなの変だ、と聖はそのたびにかぶりを振る。眼を覚まそうとするように。

目覚めなければ。

そして中司がいないという現実と向き合わなければ。

きっと、これから襲い来るはずなのだから。大学時代に経験した、あの世界で一人だけ取り残されたかのような孤独感が。

世界が真っ暗になるくらいのショックを味わって、一人で立つことさえできなくなるはずなのだから。

そう何度も覚悟を決めるのに、目の前に広がるヴェネツィアの海はどこまでも青く、水面はキラキラと反射して耀《かがや》いている。遠くに見える本島の赤煉瓦《れんが》の街並みは、まるで計算されつくした絵画のように美しい。……美しいと、感じてしまえる。

なんだか変だ、と聖は戸惑《とまど》っていた。

世界は色を失うどころか、むしろ世界が持っていた彩《いろ》に初めて気づいたような気になってしまうのはなぜだろう。

変だ。とても変だ。

「……小説、書こ」

平常心を取り戻したい。

いつも通りのことをして、自分の心と向き合えるようにならなければ。

聖はどこか縋《すが》るような気持ちで、パソコンの前に座った。

原稿に集中しさえすれば、その間はレオのことなど忘れられる。この豪華すぎる部屋も、贅沢すぎる眺めも、落ち着かないものは何もかも意識から追い出してしまえばいい。

いつも執筆に使っているソフトを立ち上げると、前回提出した文章が現れた。

聖が紡《つむ》ぐのはその続きだ。

『あたし』になりきり、王子様へのせつない想いを語るのだ……。

‡◇‡

物語の中、『あたし』はいつも、ガラス越しに恋をしていた。

指一本、触れることができない……恋。

そんな『あたし』に、縁談の話が舞い込んだ。

遠い東の果てにある、聞いたこともない名前の、とても豊かで温かい国。

名前を知らない、顔も見たことがない、ただ勇敢だという噂《うわさ》だけを聞いている王子様との政略結婚。

『あたし』はガラス越しに、パラレルワールドの王子様にやるせない想いを伝える。

指一本触れられない、恋しい人へ――。

‡◇‡

「……書けない」

聖は机に突っ伏した。

物語の展開は決まっていて、書くべき方向も見えている。

それなのに、文章がまったく浮かんでこない。

なぜならガラス越しに指を合わせる『あたし』と王子様を脳裏に描いた瞬間、決して触れられないはずのその指の体温を感じ取ってしまうから。

それだけでなく、……唇が疼《うず》く。

まるで『あたし』が、王子様とのキスを期待しているみたいに。

「……わーっ！」

ふたりのキスシーンを想像してしまい、聖は奇声を上げた。

ありえない。キスなんてできるはずがない。ふたりは違う次元に生きているのに。

『あたし』がキスをするとしたら、感触は冷たく硬いガラスだ。間違っても体温など感じないし、ましてや濡《ぬ》れた舌など……。

聖は両頰を押さえ、ぶんぶんとかぶりを振った。

耳が熱い。自分は一体、何を考えているのか。

せつないはずの『あたし』の想いが、これではコメディになってしまう。

「……なんで」

ひとりごちたものの、原因にはなんとなく思い当たっていた。

きっと聖自身が、キスを知ってしまったためだろう。

今まで知らなかったから。キスがあんなに熱くて、ぞくぞくして、もうどうにでもしてほしいと思ってしまうようなものだったなんて。

知ってしまったら、想像が暴走するようになった。

『あたし』が知ってはいけない王子様のキスを……聖が勝手に感じてしまう。だから、『あたし』になりきれない。感情移入できない。

「……やばいな」

次の〆切まで、あと三日だ。

文章量はそれほどではないため、まだ焦るほどではないが、このままでは困る。

——助けてよ、中司。

心の中で呟いて、ハッと我に返った。

なんて自分勝手なのだろう。中司との別れさえまだきちんと理解できていないような状態なのに、自分がつらい時だけ頼ろうとするなんて。

——でも……。

この物語を書けていたのは……いや、そもそもケータイ小説を書き始めたきっかけは、中司への『触れたいのに触れられない想い』が源《みなもと》だった。

叶えられない願いがせつなくて、『あたし』を生み出したのだ。一作目も、今作も。

――中司がいたから。

たった一人になって、何もかも失ってしまった時に、価値観を覆《くつがえ》してくれた中司がいたからこそ、今の聖が存在するのだ。

大学生のあの時、あの場所に中司が同席していなければ。

ゲイである自分を肯定して、人を好きになってもいいと教えてくれなければ。

――僕はきっと、今も孤独だった。

彼が聖にすべてを与えてくれた。

その中司が、自分のもとを去ってしまった……。

そう考えたら、ぎゅっと胸が苦しくなった。

それは淋しさとか、せつなさとか……聖が小説を書く時に常に胸に抱いている感情だ。

――……書ける。

聖は慌《あわ》ててパソコン画面に向かった。

『あたし』の切なさが、溢れてくる。

ガラスの向こうの王子様だけを一途《いちず》に想う『あたし』の心に感情移入して、言葉を紡ぎ始めた。

――恋しいよ。

自分の心の内から零《こぼ》れ出してくる感情を、聖は必死に追った。

そしてなんとか書き上げる。

ふと気づけば、海が茜《あかね》色に染まっていた。いつの間にか集中していたらしい。

お腹がグゥと鳴って、聖は空腹を自覚する。

「……そういえば、今日は強引に連れ出されなかったな」

いつもは聖が書斎に籠《こ》もっていると、食事だスイーツだと、何かと理由をつけて扉を開けさせようとするのに。

「でも、よかった。なんとか間に合いそうで」

あとは推敲を重ねて、完成したら提出するだけだ。

残りの作業は明日に回すことにして、とりあえず今は空腹をなんとかしたい。

聖はレオの攻撃に対する心のバリアを張ってから、書斎の扉を開けた。

すると廊下に御用聞きが立っている。ゲームホールと同じ、襟《えり》に金糸《きんし》で刺繍《ししゅう》が施《ほどこ》されたタキシードを着ており、胸に部屋付きの徽章《きしょう》をつけている。徽章はヴェネツィアン・ガラスで、ゴンドラの形をしていた。

「お食事のご用意をいたしましょうか？」

彫りの深い、一見してイタリア人と分かる顔立ちの彼も、当然のように日本語が流暢《りゅうちょう》だ。御用聞きは毎日替わるにもかかわらず、皆同様だ。

「……あの、昼食がまだなのは僕だけですか？」

変な聞き方になってしまったが、いつもはレオが強引に聖を昼食に誘うことをもちろん彼も知っている。

「はい。集中されているようなので邪魔をしたくないとオーナーがおっしゃって、先に召し上がられました」

「………どうして、集中してるかどうか分かるんですか？」

まさか盗聴器でも仕掛けられているのではと、身震いしてしまったが。

「私どもには分かりかねますが、オーナーは浅川《あさかわ》様の気配が察知できるようです」

「ドアが閉まってるのに？」

「ええ、ドアに隔《へだ》てられていても」

これは冗談なのだろうか。彼はあくまで真面目《まじめ》な表情なので、いまいち分からない。

「夕食はぜひご一緒に、とオーナーから伝言を預かっております」

「……何時ごろ戻られるんですか？」

「本日は少々遅くなると聞いております。本土からの大型定期便が来航しますので」

「大型定期便？」

耳慣れない言葉に、聖は反応した。

ヴェネツィアはラグーナと呼ばれる天然の潟を利用して人工的に形成された島々であり、浅瀬に囲まれている。そのためゴンドラや水上バスでの往来が主で、一般的な船は座礁《ざしょう》の危険があるので航行していないはずだが。

「座礁しないんですか？」

「ええ、水深のある貨物船専用航路を通りますし、大型とは申しましても比較的大型な水上バスという程度ですので」

「貨物用……」

もしかしてそれに乗れたら、レオに見つからずヴェネツィアを脱出して、中司を追いかけることができるのではないだろうか。

そんな考えが頭を過《よぎ》る。

「……専用航路ってことは、桟橋《さんばし》も一般用とは違うんですか？」

「はい。パラッツォの裏手にある業務用の桟橋を使用いたします。一般桟橋では庭園を散歩なさるお客様の目に入ってしまいますので」

ここに到着した日、桟橋から続く一本道が次第に花や緑で覆われていき、聳《そび》え立つ宮殿を華やかに演出していたことを思い出す。

「この島に興味をお持ちで？」

「えっ、……あ、はい。散歩とかも、楽しいかな…と」

妙に汗をかきながら答えると、彼は内ポケットから小さなカードを取り出した。

「よろしければこちら、お持ちください」

パラッツォの見取り図が小さく印刷されている。書斎にある羊皮紙製のものの縮小版だった。

――これ、分かりやすい。……迷子にならずに裏手の桟橋まで行けそう。

タイミングよくもらった地図に、まるで脱出を後押しされているように感じた。

あとはどうすれば従業員たちに気づかれないかを考えなければ。

「……あの、じゃあ、夕食は……ヴォルタロッツィさんが仕事を終えられてから、遅くに一緒に取ろうって言われてるんですか？」

「浅川様のご希望をお聞きするよう言付《ことづ》かっております。定期便の来航は二十一時から三十分ほどです。十九時または二十時頃をご希望でしたらオーナーは一度お戻りになります」

「いえ、それは申し訳ないので……」

定期便の後でいいと言いかけたが、待てよ、と思う。もし脱出が成功した場合、食事の約束の時間に現れなかったらすぐに捜索されてしまうのでは。それなら先に食事を済ませておいて、今日は早めに寝る……とか言えばどうだろう。

「あ、でもやっぱりお腹が空いてるので、もし可能だったら十九時にお願いしたいです」

アハッと無駄に愛想笑いをしてしまう。

「かしこまりました。ではそのように手配いたします。それまでの虫養《むしやしな》いに軽食をご用意いたしましょうか？」

まさかイタリア人の口から、虫養いなどという風流な日本語が出てくるとは。

「ヴォルタロッツィさんもそうですけど、従業員の皆さん本当に日本語が堪能《たんのう》ですね。こちらの会員に日本人ってそんなに多いんですか？」

「いいえ、滅多《めった》にいらっしゃいません。貴族社会の横の繋がりが乏《とぼ》しい国の方は、会員資格の取得がかなり困難ですので」

「え……？」

それならなぜ、自分などが会員になれたのだろう。

「日本語を話せる従業員が多いのは、オーナーが大の親日家だからです。メインのバスにはもうお入りに？」

「え、いえ」

連日、レオから一緒に入浴しようと誘われるが、冗談じゃないと拒み続けている。ゲストルームにあるシャワーブースで烏《からす》の行水状態なのだ。

それよりも、なぜ風呂に話が飛ぶのだろう。

「ではぜひお入りください。オーナーの日本好きの真髄《しんずい》をご覧いただけると思います」

「ええ……？　あの、今見に行ってもいいですか？」

そんなことを言われると、とても気になってしまう。

「はい。ご案内いたします」

「あ、いいです。家の中だし」

「かしこまりました。では、私は軽食のご用意を。何をお持ちいたしましょう？　パスタでしたらフェットチーネ、ファルファッレ、カンパニョーレ、リガトーニなどもございます。ソースはトマト、ミート、カルボナーラ、イカ墨《すみ》など多種ございます。お好きな組み合わせでも結構です。ピッツァでしたら……」

延々と続くイタリアンの単語。御用聞きの眼がキラキラと輝いている。日本語がどれほど堪能でも、やはり彼はイタリア人だ。ソウルフードは間違いなくパスタだろう。

それにしても、確か軽食だと言わなかっただろうか。聖にとっては十分夕食になりそうなメニューなのだが。

「ええと、軽めで、今日のお勧め……みたいなのをお願いします」

種類がたくさんありすぎて選べないので、任せてしまう。

御用聞きが電話で手配をしているうちに、聖は風呂を目指した。毛足の長いふかふかの絨毯《じゅうたん》が敷き詰められた廊下を進み、リビングルームを抜けてさらにいくつかの扉を越えてようやくバスルームに到着する。

「……何これ」

眼を見張った。

バスルームというよりは。

「お風呂だろ。……しかも露天風呂つきの」

室内の風呂は総檜《ひのき》で、木の香りがとても懐かしい。そして竹林の向こうにガラス扉があり、岩風呂の露天の奥には大海原が広がっていた。ヴェネツィアの海が。

「……日本好きって、こういうこと？」

この煌《きら》びやかで豪奢《ごうしゃ》な宮殿の最上階に、まさかこんな渋いものが存在していたとは。

少しだけ、レオのことを面白い人だと思った。

＊　＊　＊

決行は、二十一時二十五分。

定期便が桟橋を離れる直前に乗り込んで荷物の陰に隠れよう。

聖はそう決めて、間に合うように準備を進めた。

夜まだ早い時間にレオと夕食を取った際、いつもは飲まないワインを頼んだ。聖はアルコールを飲むとすぐに赤くなるたちなので、食事後に「酔ったからもう寝る」という言葉には信憑性《しんぴょうせい》があったのだろう。いつもは深夜まで待機している御用聞きも、レオが仕事に戻る時に引き上げていった。

淡い水色のシャツにスラックスという軽装に着替えた聖は、パスポートと財布にケータイ、それから原稿データだけを持ち、こっそり部屋を抜け出した。万が一従業員に見咎《みとが》められた時は酔い覚ましの散歩だと言い訳するつもりだ。

監視カメラがあるのではと警戒しながら歩いたが、それらしきものは見当たらなかった。ゲームホールでは不正防止のため、各テーブルに監視カメラが設置されているが、プライベートエリアではそのような監視の目はないらしい。幸い従業員に遭遇することもなく、聖は無事に庭へと出られた。

外の空気は湿っている。軽く汗ばむくらいだが、海風のおかげで不快ではなかった。

宮殿の裏手へと回る道はゲスト用の通路ではなく、街灯一つない。闇が少し怖かったが、虫の鳴き声や微かに聞こえる波の音が聖を慰めてくれた。波が打ち寄せるような砂浜がないためか、海は意外なほど静かだ。

遠くから数人の声が聞こえる。用心しながら近づいていくと、桟橋が見えた。宮殿の裏口へと続く道は煌々《こうこう》と照らされ、コックコートや作業服姿の人たちが荷物を積み替えている。

——思ったより人目があるな……。近づけるかな。

一歩踏み出し、木の陰からソッと覗いた時だった。

「What are you doing?」

「……っ!?」

ポンと肩を叩いて声をかけられ、聖は跳び上がった。

——見つかった！　もう駄目だ……！

拘束《こうそく》されることを予測してギュッと眼を瞑《つぶ》る。ところが次に降ってきたのは、笑い声だった。

暗がりでよく見えないが、まだ若い男性らしい。パラッツォ・カジノの訓練された従業員ではないのか。聖を追ってきたわけでもないようだし、ひとまずホッとする。

彼は笑いながら早口のイタリア語で何かを語りかけてくるが、もちろん聖にはまったく分からない。

「あの、すみません。できれば静かに……」

「Are you a rabitt?」

かなり聞き取りにくいが、これは英語だ。聖は耳から入ってきた音を、一生懸命脳裏で組み立てる。

「えーと、アーユー、ラビット？　……って、うさぎ？　なんで？」

首を傾《かし》げると、彼はその場でピョコンと跳ねてみせた。

「あ、さっきの……」

どうやら聖の跳びはねっぷりがツボに入ったらしい。

「ラビット？」

聖が自分を指差して尋ねると。

「Yes, rabbit. Love it.」

――ラビットラビットって、二回も言わなくても……。

何がそんなに面白いか分からないが、すぐに連れ戻される心配はなさそうだ。けれど定期便の出発時間も刻々と迫っている。

――どうしよう。このままじゃ、乗り込むタイミングを逃《のが》してしまう。

戸惑っていると、彼は急に何かをメモし始め、それを聖の手に押しつけた。

「Call me,please. I'll come closer to you by my gondola!」

チュッと投げキッスを飛ばしてそう言い、彼は船に向かって歩き出す。

「っちょ、ちょっと待って！　今、ゴンドラって言いませんでした？」

咄嗟《とっさ》にシャツを引っ張って、丸々日本語で尋ねる。

「Yes, I have a gondola.」

聖がgondolaという単語だけを聞き取ったように、彼もまたゴンドラだけを理解したらしい。

「ユア、ゴンドラ？」

「My gondola.」

自慢げに頷《うなず》く青年に、聖は興奮した。これは千載一遇《せんざいいちぐう》のチャンスではないだろうか。危険を冒してあの定期便に忍び込むよりも、この青年に船を出してもらえないものか。

それは名案に思えたが、その意志を伝えることができない。

「あー、アイ、ウォント、……ライド？　ゲット？　……ユア、ゴンドラ」

少しの間の後。

「Do you want to come with me?　Just now?」

「ええと……よく聞き取れなかったけど……たぶん、はい」

頷いてみる。彼が笑顔になったのが分かった。

「Of course! You are cute rabbit, love it!」

オフコースだから、もちろんゴンドラに乗せてあげる、と言われたような気がする。あなたはうさぎだ、と続いたので、『あなたはうさぎということにして、ゴンドラに乗せてあげる』という意味だろうか。……よく分からないけれど。

「ええと、サンキュー？」

礼を言うと、なぜか手を握られた。そして明るい方へと歩き出す。

「え？　あ、あの？」

「Let's go!」

さすがにレッツゴーくらいは聞き取れる。聖は必死に抵抗した。

「の、ノー！　ええと、こっそりってなんて言うんだろう。ええと、……イン、ザ、ダーク？」

ぴたっと青年が足を止める。

「Secret?」

「シークレ？　……あ、そう。シークレット。秘密」

「I see. Well, call me, please. It's my mobile phone number. I'll pick you up!」

聖が握り締めているメモを示し、彼が言う。メモを薄明かりにかざして眼を凝《こ》らしてみると、そこには電話番号が書かれていた。

「あ、コール？　電話してこいってこと？」

「Yes, any time,O.K.」

青年は投げキッスを飛ばしてから、聖を置いて船の方へ歩いていった。荷の積み下ろし作業はほぼ終わろうとしているが、彼が慌てる様子はない。やがて作業が完了し、青年も船に乗り込むと定期便は桟橋を離れていった。

——あの船にこっそり乗って隠れるのは、どう考えても無理だったな。

乗り込める場所は桟橋一つで、常に人目があった。現に今も、遠ざかっていく定期船をコックコート姿の三人が見送っている。

今夜は残念だったが、思いがけずゴンドラを持っている人と知り合うことができた。いったん部屋に戻って綿密に計画を立て、再チャレンジするのがいいだろう。

——でも電話って……会話になるのかな。

面と向かっていてさえ、単語しか拾えなかったのだから。

事前に英文を作っておいて、少なくとも自分の意志だけは伝えられるようにしてから電話するしかないだろう。

聖はもらったメモをきっちり畳んで財布にしまう。

あとは見つからないように部屋に戻るだけだ。

宮殿の壁伝いに表側の庭園に戻り、通用口から建物に入る。そして降りてきた時と同じエレベーターに乗り、最上階のレオの自宅を目指そうとしたところ。

「あれ？　……カジノより上の階がない」

階数表示パネルには、ホテル棟へと続く渡り廊下のフロア、レストランフロアが三つと、スロットマシーン専用のゲームルーム、それからメインのゲームホール以外の表示がなかった。

「あれ？　あれ？」

周辺を探してみたり、何か特別な操作で表示が現れるのではないかと探ってみたが、なんの反応もなかった。聖が焦っているうちに、エレベーターが動き出す。他のフロアの客がこのエレベーターを呼んだのかもしれない。

——ど、どうしよう。僕、ドレスコードもクリアしてないのに……！

そういえば船で脱出した後で目立たない格好というところばかりに捉われて、途中で他の客に遭遇する可能性を考えていなかった。

あまりにもラフな格好の聖は、侵入者と誤解されてしまうのではないだろうか。自分も同じ客で、うっかりこんな軽装で散歩に出てしまっただけだ……と、説明できれば問題ないに違いないが、とにかく語学力がない。日本語が分かる従業員よりも、もしかしたら他の客に見つかる方が大ごとになってしまうかもしれない。

——そうだ、いったん別のフロアに降りよう！

聖は急いでパネルを叩く。今どのフロアを通過しているのかよく分からないため、手当たり次第に押してみた。

するとしばらく上昇した後、ナチュラルに停止した。

扉が開く。聖は箱の隅で緊張のあまり直立していた。客と眼が合ったら、とりあえず笑っておくべきだろうか。それとも澄まして会釈《えしゃく》する程度の方が不自然じゃない……？

と、考えを巡らせていたというのに。

開いた扉の向こうに立っていたのは、従業員用の燕尾服《えんびふく》姿のレオだった。

——なっ、なんで……!?

「驚いたな。この扉がきみの寝室に繋がっていればいいのにと願っていたら、きみの方から私に会いに来てくれるとは」

口許は笑みの形だが、眼は笑っていなかった。

漆黒《しっこく》の双眸《そうぼう》には強烈な光が宿っている。それはここ数日間でも特に強い……怒りの焔《ほむら》のようにも見えた。背筋が凍る。

「あっ、あ、あの、さん…ぽ。そう、散歩してたんです。酔い覚ましにっ」

「夜の庭を、一人で？」

「か、風に、当たりたくて」

「真面目なきみが、ドレスコードも無視して？」

「あ、すみません。……その、酔ってたから」

えへ、と愛想笑いしてみた途端、レオが動いた。

「え？　……うわっ!?」

抱き上げられる。力強い腕に。これは世間ではお姫様抱っこというのではないだろうか。

「おっ、下ろしてください！」

「静かに。可愛く酔っている愛しい人をエスコートしているだけだ」

その声からは、感情が読めない。いつも通り艶《つや》やかなのに、どこか硬い。

「……でも、あの、恥ずかしいので」

レオの後ろには当然のように御用聞きや従業員が数名控えていて、彼の行動に沿って動いている。レオの意図を読み取って自宅の扉を開ける者、道を空けて壁際でお辞儀をする者、そんな彼らの中を当然のようにレオは歩く。

「聖は大和撫子だな」

ふっとレオが笑った。思わず零れたような、自然な笑みだった。

なぜか、それが引っかかる。

「恥ずかしいなら、私の胸に顔を伏せていなさい」

ぐっと抱き寄せられて、聖はとっさにレオのジャケットにしがみついた。バランスを崩すのが怖かっただけなのに、まるでこの体勢を積極的に受け入れているようなことをしてしまい顔が熱くなる。

ただでさえ恥ずかしいところに、レオのフレグランスが鼻腔《びこう》をくすぐり……唇が疼いた。ドキドキする。この香りを胸いっぱいに吸い込んだ時間を……あの熱烈なくちづけを、思い出してしまう。

「ここまででいい。下がれ。今夜は何があっても私に取り次ぐな」

レオの指示に、従業員たちが下がっていく。気づけば聖はレオの寝室に運ばれていた。

躰《からだ》が宙に浮き、次いでふかふかの布団に沈み込んだ。ゲストルームのものとは格が違う、豪華な天蓋《てんがい》付きの寝台。

「何を……!?」

「それを説明してもらいたいのは私の方だ。何をしようとしていた、聖？」

のし掛かられて、真上から見下ろされる。

「……だから、散歩って」

「どこまで散歩に行くつもりだった？　こんなものを持って」

レオが手帳を掲げた。臙脂《えんじ》色のそれは……。

――パスポート！

慌てて手探りでスラックスのポケットを確かめるが、いつの間にかなくなっている。ベッドに転がった拍子《ひょうし》に飛び出してしまったのだろうか。

「あの、その……」

上手い言い訳が思いつかない。視線を逸らすと、頤を摑まれて顔の向きを戻された。

レオのまなざしに貫かれる。

ものすごい迫力に背筋が寒くなるのに、同時に腹の底から熱のようなものが滲《にじ》み出してくる。

レオの漆黒の双眸に射《い》貫《ぬ》かれると、自分で自分の躰が分からなくなる。

「きみはここに軟禁されているわけではない。大切なゲストであり、私に愛を乞われている唯一の人だ。外出したいなら隠さず言いなさい。今すぐ日本に帰りたいなら、それでもいい」

――いいの!?

滞在期限まではまだあるとかなんとか言っていた件は、不問にされたのだろうか。

思いがけない言葉に瞠目《どうもく》したが。

「ただし、私も同行する」

「えっ？」

「きみを離すつもりはない。当然だろう？　私は全身全霊をかけて、きみを口説いている最中なのだから」

何を言っているのだろう、この人は。

まさか聖が帰国したいと言ったら、本当に日本までついてくるつもりなのか。

――この島だけの、夢物語じゃないの？

胸中で、呆然《ぼうぜん》と呟く。

そして聖は、自分の心の声に唐突に気づく。

――そうだ。僕は……現実じゃないと、思ってたんだ。

彼はこのパラッツォ・カジノのオーナーで、まるでギリシャ彫刻のようにすべてにおいて美しい男だ。そんな彼が、本気で自分のような平凡な人間を愛するような現実があるわけがない。今、彼が聖を口説くようなことを言っているのは、ひと時の夢物語だからだ。時間が経《た》てば夢は覚め、レオが聖から興味をなくして目もくれなくなるのは容易に想像できる。

だから――本気になどしてはいけない。

そう思うのに。

「聖」

レオの顔が近づいてきた。

端整すぎる彼のアップに、聖は息を呑む。顔を背けたいのに、頤を掴まれたままでできない。

「……離、して」

「きみからくちづけてくれるというなら、今すぐにでもこの手を離そう」

無理に決まっている。聖は眉根を寄せた。

キスなんて、できるわけがない。この人は恋人ではないし、そもそも聖は恋人とでもこういうことはしない。

それなのに。

「聖」

艶やかなテノールで呼ばれ、ドキッとした。

顎《あご》にかけられた指が熱い。そして唇がじわじわと疼く。

鼻先が、トンと触れた。レオの鼻先に。

「……っ！　いやっ！　やめてください！」

渾身《こんしん》の力で押し返すが、彼はびくともしない。手足をバタつかせても敵わなかった。それどころかレオの脚に巧みに押さえつけられてしまい、ふたり分の体重を受け止めてベッドがますます沈む。

「やめて！　僕に触れるな……！」

「なぜ？」

思いがけない問いかけに、一瞬怯《ひる》む。

聖を見下ろすレオの眸《ひとみ》は、熱いだけではなかった。どこか冷静に、怜悧《れいり》な刃物のように聖に切り込んでくる。

「なぜ私に触れられたくない？　私のくちづけにきみは蕩《とろ》けていたと思うが？」

カァッと頬が熱くなる。

「そ、それは……免疫が、なかっただけで」

「気持ちよくなってしまうから触れられたくないのか？　それなら分かるが」

「ちっ、違います。そうじゃなくて、……僕には、好きな人がいるんです」

そうだ。聖の現実は、中司とともにある。自分に言い聞かせるように聖は思う。

「他の人に触れられたくないのは当然でしょう!?」

顎にかかったレオの指に、一瞬、力が籠もった。それほど痛くはなかったけれど、聖は反射的に眉を顰《ひそ》める。ふっと指から力が抜けた。そして労《いたわ》るように指先で微かに撫《な》でられる。

「……っ」

ぞくっと悪寒のようなものが走った。

「その『好きな人』は、きみに触れてくれないのに？」

「……それは仕方のないことです。はじめから分かってました」

「それだけでなく、他の人には触れているのに？　ただ女性というだけで、何人もの人に」

ぎゅっと胸が痛くなった。想像するとせつなくて、聖は視線を逸らす。

「……でも恋人は僕だけです」

「それも過去の話だろう。奴は手切れ金をせしめて嬉々《きき》として去ったではないか」

返事に詰まる。確かに中司は自分の意志で聖の前から姿を消した。

「……でも、僕はまだ彼が好きなんです。彼以外の人は好きになれません」

僕は中司が好き、中司が好き……と、まるで呪文みたいに胸中で繰り返す。なぜか、そうしなければいけないような焦りがあった。

「なぜそう言い切れる？　奴がそれほどきみに想われる理由が微塵《みじん》も分からん」

「分かっていただかなくて結構です。僕は、彼に救われたんです。中司がいないと――何もできない」

そうだ。聖は中司がいたから、前向きに生きられるようになった。

中司がいてくれたから、こうして小説も書けている。

そして今日も、彼を想わなければ心が乱れて仕事さえ手につかないほどだった。

だから、自分には中司だけが必要なのだ……。

「それは執着だ」

レオが不機嫌に吐き捨てる。

「……え？」

「過去に何があったかは知らん。他の男との思い出など聞こうとも思わん。だが、今のきみを見ていると分かる。それは『執着』だ。恋ではない」

カッと全身から火を噴くような衝撃に襲われる。

「失礼なこと言わないでください！」

「プライドを持て！」

生まれて初めてというくらいの大声で怒鳴ったのに、それ以上の迫力で怒鳴り返された。

聖はビクッと身を竦《すく》め、苛烈《かれつ》なまなざしで見下ろしてくるレオを、思わず受け止めてしまう。

「きみは、あんな男に都合よく扱われていい人間ではないだろう！」

彼の躰から、怒りの焰が立ち昇っているかのように見えた。

なぜこんなにも怒りを露《あらわ》にしているのだろう。

「自分の価値を知っているか？」

――価値？

そんなもの、自分にあるだろうか。

困惑する聖の瞳を貫き、レオは熱く囁く。

「きみは私に愛されるに値《あたい》する唯一の人間なのだ。投げ売りしてもらっては困る」

しばし言葉の意味が飲み込めなくて、聖は固まった。

何度か反芻《はんすう》して、ようやく理解する。つまりレオは、自分が愛する人間だから聖には価値があると言いたいらしい。

予想外の科白に、聖は緊張感も忘れて唖然《あぜん》としてしまった。

あまりにも傲慢《ごうまん》な理論に、眩暈《めまい》がしそうだ。

けれどそれと同時に、それが……彼の本気のように思えて心が騒いだ。

——まさか。

本気だなんて。

こんな、物語にも滅多に登場しないような、王者の如《ごと》き人が。

まさか本当に、本気で……聖に愛を囁いているとでも……？

激しく動揺した。

信じられないから、自分を弄《もてあそ》ぼうとする酷《ひど》い男だと反抗心が湧いた。

「……僕なんかのどこが、そんなにいいんですか」

どうせまた鳥肌が立つような美辞麗句を並べるのだろう。

どこか意地悪な気持ちで、そう思ったのに。

「そういう卑屈《ひくつ》なところは腹立たしい」

「え？」

「自分『なんか』と言うのは、己《おのれ》の価値を分かっていない証拠だ。なぜ迷う？　なぜ自信を持たない？　きみはこの世に二つとないダイヤモンドの原石だというのに」

艶やかな声で切々と語られる……それは、やはり予想通りの、現実離れした美辞麗句だ。

恥ずかしくて聞いていられない。

それなのに……もっと、彼の声を聞いていたいような気も……。

「自信を持てるような立派な人間じゃないんです、僕は！」

心の揺れを振り払いたくて、声を荒らげてしまった。

けれどレオはまったく動じない。

「立派だと決めるのは誰だ？　自分自身か？　他人か？」

「それは……」

言葉に詰まった。

「少なくとも自分自身で立派だと嘯《うそぶ》くのは、信憑性に欠けると思わないか？　それなら立派か否かと自信にはなんの関係もない」

「……そんな、理詰めでこられても……」

「恋に理屈での説明を求めたのはきみだが？　心で語っていいなら、私は万の言葉を抱いている」

「……お手柔らかにお願いします」

「では最もシンプルで、最も情熱的な愛の言葉を語ろう。どこがいいという問いには、すべてだと答える。私はきみに、一目で恋をしたのだから」

「……え？」

「一目惚《ひとめぼ》れだ。会員申込書と調査報告書の写真のきみに」

「ひっ……!?」

――一目惚れ!?

聖は眼を剝《む》いた。

一目惚れの存在自体は否定しない。けれどまさか自分が誰かに……しかも王者の威厳漂うこのレオ・ヴォルタロッツィに一目惚れされるとは、どう考えても信じられない。

「冗談にもほどがあります」

「自分を客観的に理解しなさい」

聖の抗議は、レオの真摯《しんし》な言葉に斬り捨てられる。

「きみは美しい。容姿のことだけを言っているのではない。きみの心こそが美しいのだ」

「僕のことなんて何も知らないでしょう!?」

「知り尽くしたいと思った!　この胸が焼けるほどに焦《こ》がれた!　それが恋でなくてなんだ!?」

手を、握られた。手のひらを合わせ、シーツに縫いつけられる。レオの手は燃えるように熱かった。絡めた指と指の間から、激しく脈打つ彼の血潮を感じた。それに応えるように、聖の鼓動が早鐘《はやがね》を打つ。

――何、これ。……こんな……手に触れただけで、こんなに熱い……。

「内なる知性は外見に滲み出るものだ。容姿が整っているか否かではない。きみの穢《けが》れのない心とその淋しさが、写真を通して私に伝わった。――愛しい、と胸が震えた」

──穢れない？　そんなわけがない。

後ろ向きだし優柔不断だし、何かことが起こっても一人では何も解決できない、情けない人間だ。人を傷つけたこともあるし、狡《ずる》いことを考えたりもする。彼は勘違いして、ありもしない聖の美しき人間像に酔っているだけだ。そう思うのに。

「聖。きみのこの瞳──髪と同じ、焦色《こがれいろ》のこの瞳が、自分以外のものに向けられているだけで腹の底が煮えるような感情を味わった。しかも生身のきみではない、写真の中のきみにだ」

熱い言葉が降ってくる。

指を絡めて、まなざしを受け止めて、こんな言葉を聞かされたら──信じてしまいそうになる。

彼の想いが本物だと。

──駄目なのに……！

信じたら、傷つくのは聖だ。これはひと時だけの夢物語だ。分かっているはずなのに……レオがあまりにも真摯で、現実のような気がしてきてしまう。

「きみに会いたいと思った。今すぐ日本へ飛んでいき、攫《さら》ってしまいたいと願った。──実行しようとした」

「えっ？」

「だが、秘書たちに止められたのだ。それは誘拐だ、犯罪になると」

「本当に攫う気だったんですか!?　比喩《ひゆ》じゃなく？」

「うむ」

そんな常識外れなことを考えていたとは思わなくて、なんと返していいか分からない。

「だから私は待った。会員権を与え、きみが自ら私のもとへやってくるのを。そして接触するチャンスを狙《ねら》っていた。きみを強引に攫うのではなく——私を愛してもらうために」

まさか、難しいと言われていた会員権を取得できたのは、レオのそんな策略があったからなのか。

これは、夢物語のはずなのに。期間限定の。そう遠くない未来に覚めるはずの。

それなのに——ドキドキする。

レオの言葉に胸が騒ぎ、頬が火照《ほて》った。

「聖、きみにとって恋とはなんだ？」

——恋？

ふと、『あたし』のことを思った。

ガラスに隔てられた王子様だけを一途《いちず》に想う、『あたし』のことを。

「私にとって恋とは、きみに焦がれるこの想いだ。きみに会いたい。きみの瞳に見つめられたい。きみの声を聞きたい。きみのことを知りたい。そしてきみに——触れたい」

トン、と鼻先をまた触れさせられた。

心臓を鷲掴《わしづか》みされたかのように、胸が痛む。

軽く擦《こす》り合わせてすぐに離れたのに、呼吸が乱れた。鼓動は怖いくらいに早鐘を打っている。

なぜだか分からないのに、胸が詰まって……涙が滲みそうになった。

これは、降り注《そそ》いでくるレオの想いだろうか。せつなくて苦しいのに……どこか甘い。じわじわと温かくなるこの感情が、彼の恋だというのか？

これほどに――本気の想いなのか？

心を閉ざすことができなかった。

「誰にも渡さない。聖を私だけのものにする。――それが私の恋だ」

レオの本気を、聖はとうとう……認めてしまう。

その瞬間、胸の中が蕩けるような甘さに満たされた。

聖は驚愕《きょうがく》する。こんな感情、知らない。

「きみの恋は？　聖、教えて」

――僕の、恋？

聖は自問した。

自分にとって恋とは、常に秘めるべきものだった。

初めて恋に気づいた幼《おさな》馴染《なじみ》も、高校の同級生や大学の先輩も、決して悟られないように、息を潜《ひそ》めてただ想っていた。それだけなら、片恋が聖にとっての恋だ。

けれど、中司は違う。

聖を受け止めてくれた。ゲイでも構わないと、人を好きになっていいと教えてくれた。だから聖は一人ではなくなった。一人で生きて、たった一人で淋しく死んでいかなくていいのだと安堵《あんど》して、幸福を覚えた。中司がいなくなったら……一人になると恐れ続けていた。中司だけが、自分を認めてくれた人だから。

「……あ」

自分の心の奥深くに眠っていた、一つの可能性が浮き上がってくる。

眼を背けたくなった。

それはあまりにも自分勝手な、醜《みにく》い真実だったから。

——自分のためだ……、全部。

好きという想いは嘘ではない。

中司が好きだ。軽い口調でも愛してると言われると嬉しかった。抱きしめてほしいと願ったこともある。けれど——それは本当に、恋焦がれるという想いだったのか？

他の誰かではなく、中司だけに。

中司文博《ふみひろ》だけを純粋に望んでいたと、胸を張って言えるのか？

——嘘だ。だって、僕は……。

彼を好きになったのは大学生の時だ。あのつらい一件を経て、中司のおおらかなところとか、人間性とかに惹《ひ》かれた。好きと初めて伝えた時の幸福感を、聖は今でも思い出せる。

好きだった。恋だった。それは間違いないのに。

けれどあの時感じた幸福感を、今も抱いているかと問われると……答えられない。

捨てられたくない。一人になりたくない。淋しいのはいや。そういった感情に縛られて、中司にしがみついていたのではないか？

――『執着』？

レオがさっき吐き出した言葉が甦《よみがえ》った。

いつの間にか中司に対する気持ちは、恋ではなくなってしまっていたのか？

しかし聖は、彼に触れたくても触れられないせつなさを持て余して、『あたし』を生み出した。

その想いまで嘘だとは、自分では思えない。……思いたくない。

「説明するのは難しいかい？　では聖、たとえばこの世にきみと私のふたりだけしかいなくなったと仮定して……私が一生きみを愛し続けるという誓いを立てたら、どう感じる？」

「……そ、そんな状況にはなりません」

「究極の選択というやつだよ。想像してごらん。人間は、きみと、私。ふたりだけしかいない」

――この世にふたりだけなら、この人は……僕以外を、見ることがない。

「私はきみに恋している。一生消えることのない愛の炎をこの身に飼っている。――きみはどう？　私の想いを迷惑に感じるかい？　触れられたら、気持ち悪いと思う？」

ドキッとした。見透かされているのかと思った。

聖が混乱していることも、その迷いもすべて。

レオのテノールに導かれるように、思わず想像していたのだ。

たったふたりの世界でなら、彼のこの想いが一時的な夢物語で終わらないだろうと。

離れなくて済むんだ、と考えていた。まるで恋人に思うみたいに。

聖はいつの間にか、レオの愛を信じていた。

そしてその愛に、搦《から》め捕られようとしていた。

「……っ」

顔が真っ赤になる。

それはあまりにも流されやすすぎるのではないか？

「僕はいやらしい人間です！　とても醜い！　恋なんてする資格はありません」

恥ずかしくて、消えてなくなりたいと思った。

繋いでいる手を外そうともがくが、レオは決して離してくれない。

「言っただろう？　きみは原石だ。醜いと思う部分があるなら削《そ》ぎ落とせばいい。変わりたいなら理想の姿を思い浮かべなさい」

——変わる？

どうすれば変われるのだろう。

どうすればこんな自己中心的で恥ずかしい自分を葬《ほうむ》り去れるのだろう。

「私にすべてを晒《さら》し、本心をぶつけなさい」

瞠目した。聖の心の声が聞こえているのではないかと思った。

「ダイヤは一人では美しく耀くことなどできないのだ。浅川聖という原石を研《と》ぐ砥石《といし》は私だ。そしてきみも、私の砥石になりなさい。互いに互いを研ぎ合い、互いにしか嵌《はま》らない形になればいい。——これが私にとっての愛だ。恋は私一人でもできるが、愛はきみとふたりでないと育《はぐく》めない。私を愛しなさい、聖。一生、きみを離さないと誓う」

胸が震えた。

それは生まれてから一度も味わったことのない、感動にも似た熱い感情だった。

「そんな潤《うる》んだ瞳で私を見てはいけない。くちづけられても文句は言えないよ」

「……だ、だめ……」

「なぜ?」

レオの顔が近づいてくる。

鼻先が触れた。唇を彼の息が撫でる。胸がドキドキして、痛くて、泣きそうになった。せつないのに甘い。

——怖い。

何かが変わってしまうような気がした。

変わりたいと思ったのに、望まない部分まで変わってしまうことが怖い。

「触れたら……だめ」

「教えて、聖。なぜ触れてはいけない？　私には触れられたくない？」

レオが掠《かす》れた声で囁く。

甘く、せつない声で。——同じだ。自分と同じ想いが彼の胸にもあると感じた。

彼の想いが、恋なら……今、聖の胸に溢れているこの感情も——恋？

まさか。そんなはずはない。自分はレオに恋などしていない。呪文のように繰り返すのに、自分を説き伏せることができない。

「……だ……め……」

ふっ、と唇を何かが掠めた。一瞬だけ。けれど聖には分かった。それはレオの唇だった。胸が、引き絞られるように痛くなる。ひく、っと喉が引き攣《つ》った。ひどい渇きを覚える。潤《うるお》いがほしいと思った。潤してほしい、と唇が震えた。

「レ、オ……んっ…！」

唇が覆われる。熱くて、潤いに満ちた彼の唇に。

触れた瞬間、ビリリッと電気が走った。滑《なめ》らかな舌が潜り込んできて、カラカラに渇いていた聖の口腔を濡らしていく。舌と舌が触れて、鼻がツンとした。なぜ涙が溢れそうになるのか分からない。ただ、彼に触れているのだと思った。ふたりを隔てるものは何もなく、触れ合うことができるのだと思った。

何かに縋《すが》りつきたくて指を絡めた手を握ると、力強く握り返される。

「舌を出しなさい、聖。私に触れるんだ、自分から」

ほとんど吐息だけのレオの囁きに、聖はおずおずと従った。

舌を伸ばす。すると舌先に、レオの舌先が触れた。驚いて引くと、彼の舌がくすぐるような動きで戯《たわむ》れかけてくる。聖は一生懸命それに応えた。口の中ではなく触れ合う舌と舌は、妙に生々《なまなま》しい。そしてやけに唾液《だえき》が溢れた。好物を前にしているみたいに。

「きみは舌先まで愛らしい。これ以上、私を虜《とりこ》にしてどうする?」

ぞくっとする。声を聞いただけで、どうして躰が震えるのか……。

──この人の……声を、欲してる?

喉が渇いた時に与えられる水のように、聖はレオの声に満たされたいと思っていたのだろうか。

──どうして?

自分でも分からない。

ただ、……もっと聞いていたいと思った。

彼の声を聞いて、彼に──触れられたいと。

「……あっ」

レオの唇に首筋を吸い上げられ、声が漏《も》れる。

──何、今の。変な声。

もう声が飛び出さないように、奥歯を食いしばった。けれどレオの唇が啄《つい》ばむように動くたび、それに応じるように呼気が漏れる。

「唇を開けて、聖。愛らしい声を聞かせなさい」

愛らしい？　自分などの声が？

そんなわけがない。これも口説き文句の一つに違いないと思うのに……本当だったらいいな、と少しだけ思った。自分の声がレオにとって、少しでも特別だったらいいのに。

――……あ。何を考えてるんだろう、僕は。

変だ。レオとは別に恋人同士ではないのに。自分は彼に……まだ恋などしていないはずなのに。どうしてこんなことばかり考えてしまうのだろう。

「聖」

喉元から聞こえたレオの声に、ぞくぞくっと背筋が痺《しび》れる。こんな反応はおかしいと思うのに、躰が心を裏切る。

「……も、やめて……」

「きみは愛されることを知りなさい。私に愛されて、幸福になれることを知りなさい」

レオの唇は情熱的に聖の肌を這い、胸元へと下がっていく。心臓が破れてしまうのではないかと怖くなるほどドキドキした。その言葉だけで甘くなる胸が、彼に暴かれてしまったらどうしようと思った。

――やめて。やめて。もう触れないで。

心の中で懇願《こんがん》していると。

繋いでいた手を、レオが離した。

「あっ……！」

聖は無意識のうちに彼の手を追っていた。そんな自分の行動に驚いて顔を背けると、レオが含み笑いを零す。

「聖、私の髪に触れていなさい」

自分の頭に聖の手を導き、レオは再び顔を沈めた。聖のシャツを寛《くつろ》げ、至るところにキスを落とす。

指先に触れたレオの髪は、艶やかで気持ちがよかった。そしてこの髪を知っている、と思った。初めてのキスが、二度目のキスが甦る。彼の髪に触れる時、いつも熱い唇に翻弄《ほんろう》されていた。無意識のうちに指に絡める。ドキドキして、たまらない気持ちにさせられる。もどかしくて、レオの髪を掻き混ぜていた。そうすればするほどレオの愛撫も激しくなり、聖の胸にはさまざまな感情が湧き上がってくる。

「あぁっ」

胸に走った痛みに嬌声《きょうせい》を上げてしまった。

思わず頭を上げて胸元を見下ろすと、ツンと立ち上がった乳首をレオがいやらしく舐《な》め回し、

吸い上げているところだった。

レオが、視線を上げる。

漆黒の双眸が、聖を捉える。

——恋しい……！

その時、胸に溢れた感情は、ただその一言だった。

「愛している、聖」

ぞくっと、四肢が震える。

聖は、ぎゅっと力を籠めてレオの頭を抱きしめた。

愛撫が再開される。服を脱がされ、一糸纏《いっしまと》わない姿になった聖を、レオはキスで埋め尽くす。

躰中がとろとろに蕩けてしまうのではないかと思うほど、愛された。

何度も彼の手で絶頂に導かれ、数え切れないほどのキスを交わした。

けれどレオ自身は、シャツのボタン一つ外さなかった。

ただ聖だけに快楽を与え、「愛している」と繰り返し囁く。

「私の愛に溺《おぼ》れなさい、聖。そうすれば私は幸福になれる」

幾度目かの絶頂の後、そう囁かれて胸が熱くなった。

自分が、レオを幸せにできる？

そうできたらどんなに嬉しいだろうと、荒い呼吸を繰り返しながら思った。

——レオのこと、……知りたい。
意識を手放す瞬間、聖は願っていた。

※　5　※

レオのくちづけは甘い。

あれから三日。彼は隙あらば聖に触れてくるようになった。

はじめはためらう聖も、一度触れてしまえば抵抗などできなくなってしまう。

——これは、恋？

胸の奥に、何かが萌芽《ほうが》する。

それが花になるのか、樹木に成長するものなのか、聖はじっくり温めて観察していきたいと思うのに……レオに触れられると駄目だ。

情熱的に見つめられ、手や唇で愛撫されると……熱くて、気持ちよすぎて、何がなんだか分からなくなってしまう。

自分はこんなに淫《みだ》らな人間ではなかったはずなのに。二十五年、誰とも触れ合わなくて平気だったのに。

時々抱きしめてほしいとか、手を繋ぎたいと思ったことはあったけれど、こんな淫靡《いんび》な想像はしたことがなかった。

聖にとって恋とは、性的なこととは無縁だった。

それなのに……レオの手で快楽を教え込まれ、聖はその虜になってしまった気がする。

こんなに気持ちのいいことがこの世にあるなんて知らなかった。

今ではただ食事を共にしているだけでも、レオの唇に眼を引き寄せられ、物を食べる口許の動きに躰が火照ってしまうことがある。

聖はそんな自分に嫌悪感を覚えた。

レオのことを知りたい、もっと近づいてみたいと思うのに、近づけば彼を欲してしまう。

少し距離を置いて冷静になりたい。けれど同じ部屋で生活している身では、それも叶わない。

そうして悩んでいる時だった。

「聖、少し出かけないか？　本島を散策したこともないのだろう？」

——そうだ、外に出ればいいんだ。部屋に籠もってばかりいるから、きっと変なことを考えてしまうんだ。

それに、本島に誘ってくれたことがやけに嬉しかった。三日前の夜に逃げ出そうとしたことを、許してくれたように思えた。

レオの信頼に応えたくて、聖はパスポートを持たなかった。旅行者なのだから身分証明という意味では所持していた方がいいに違いないが、彼が一緒にいてくれるから大丈夫だろう。

白さが眩《まぶ》しいシャツに袖を通し、スラックスに革靴というカジュアルスタイルのレオは、とても眼を惹いた。

燕尾服でも想像はついたが、彼の胸板の厚さとか、均整の取れた肢体とかが、シンプルな服装ゆえに一目で分かる。上から二つ目までボタンを外しているせいで、胸元がチラリと覗く。そのことにひどくドギマギした。

「聖、今日は天気がいい。その服では暑いだろう。これを着なさい」

日本から持参していた洋服を取り上げられ、プレゼント攻撃された中から一揃《そろ》いを差し出される。Vネックのインナーと、羽織るための淡い水色のシャツだ。プレゼントは受け取らないとはっきり言ってあるのに、部屋に運び込まれたものが返品された気配はない。それどころか包装をきれいに解かれて、ウォークインクローゼットの一角にきちんと収納されていたりする。

絶対に袖を通すつもりはなかったけれど、確かに今日は予想外の陽気で、自前の服よりもこちらの方が気温に合う。

それにプレゼント攻撃が始まった三日前ほど、レオに対して抵抗する気持ちがなくなっていた。贈られて部屋に飾っている花束を見て、思わず笑みが浮かんでしまうくらいには。

一着くらいなら……と、聖は甘えることにした。

着替えてみると、想像よりずっと着心地《きごこち》がよかった。しっとり肌に馴染むというか、着ていてとても楽というか、とにかく初めての感覚だ。上質な服というのは、こういうことを言うのかもしれない。

レオはサングラスを胸ポケットに引っ掛けただけで、他に鞄も何も持たずに家を出た。もちろん聖も手ぶらだ。なので本島を少し散歩するだけで帰ってくるのかな、と思った。

宮殿の庭に出ると、陽射《ひざ》しに照らされる。もう夏も近い。

桟橋には小ぶりの高速艇が待っていた。椅子が革張りだったり、操縦席が光沢《こうたく》のある木でできていたり、高級感が漂うと思ったら、それはレオの私物だった。

ふたりきりで乗り込んだ高速艇を、レオが操縦してくれる。

「聖はここに座っていなさい」

レオの斜め後ろに席を用意され、操縦する彼の横顔を否応《いやおう》なしに観察できてしまう。

きらきらと光が反射する青い海を背景に、サングラスをかけた彼の横顔はとても凛々《りり》しく……艶やかな黒髪が風に流れる様《さま》は、映画のワンシーンのように美しかった。

高速艇は、ゆっくりと走る水上バスを追い越したりすれ違ったりしながら、海上を滑るように走った。おかげで想像していたよりずっと早く、本島がぐんぐん近づいてくる。

桟橋に到着すると、レオが聖の手を取って支えながら降ろしてくれる。

手を差し出されて、それを自然に取った自分に、聖は少し驚いた。

——この人に、慣れてきてる？

触れるのが怖いと思わなかった。

「さて、本島で行きたいところはあるか？」

手を繋いだまま、レオが尋ねる。

「……ええと、塔に登ってみたいです。ヴェネツィアを一望できるっていう」

「サン・マルコの鐘楼《しょうろう》だな。了解。あとは？」

「ええと……あっ、橋を渡りたいです。有名な……なんでしたっけ？」

「リアルト橋？　ためいき橋？」

「あ、それです。どっちも！」

ぎゅっ、と。思わず手を握り返してしまった。レオはさりげなく指と指を絡める恋人繋ぎに繋ぎ直し、歩き始める。

「あのっ、手……」

「聖のその笑顔を見られただけでも、来た甲斐《かい》があったな。いいよ、すべて回ろう。きみが行きたいところへ、どこへでも共に行こう」

すれ違う人々が、こちらを見ている。気のせいでないのは分かった。皆、まずはレオに視線を引き寄せられるのだ。たとえシンプルな服装をしていても、彼の存在感やギリシャ彫刻のような男性美は隠せるものではない。ハッと眼を奪われて……そして、彼が手を繋いでいる人物、聖を次に見る。そして眼を見張る。きっと「なんだこいつ」と思われているのだろう。そのことが恥ずかしくて仕方がなかった。

「口惜《くちお》しい」

隣を歩くレオが呟いた。

「……え？」

「きみが笑ってくれるなら、外出も素晴らしいと思うが……きみを人目に晒さなければならないのは口惜しい。私だけが独占していたいのに」

本当にそう思っているような、悔しそうな表情のレオに感心してしまった。どう考えても聖に人の眼が集まるのはレオのおまけだし、いい意味ではないに違いないのに、それを口説き文句に転換してしまえるとは。

――面白い人。

聖は思わず、クスッと笑った。

「聖！　その笑顔は私だけに向けなさい。こちらを向いて。さあ、笑って！　周囲の者にはおこぼれで十分だ」

わざわざ立ち止まって向かい合い、そんなことを言い出したレオに唖然とする。

絶句して彼を見上げていると、レオは唐突に、にこっと笑った。

ドキッとする。いつもの艶っぽさに、太陽の下での爽《さわ》やかさが加わった笑顔だ。

「愛しているよ」

「なっ、何言ってるんですか、こんなとこで！」

顔が熱い。耳まで赤くなっていることが自分でも分かった。

顔を背けて、ぐいぐい手を引っ張る。

「行きますよ、ほら！」

「待ちなさい、聖。あの橋を見てごらん。あれが『ためいき橋』だ」

レオが指差した先では、二つ小窓のついた橋が運河を跨《また》いでいた。

「え、あれが？　想像よりだいぶ小さいです」

「もともとはドゥカーレ宮殿と牢獄を繋ぐ囚人の渡り廊下だ。一般的にイメージされる橋とは少々異なるのかもしれないな」

「あ、それ聞いたことあります。囚人があそこを渡る時に、これから牢獄に繋がれるんだ……って溜息をついたのが由来なんですよね？」

「あそこが、外の世界を見られる最後の場所だからな」

どんな想いで囚人たちはあの橋を渡ったんだろう、と聖は思った。

本当に罪を犯した人もいれば、冤罪《えんざい》だった人もいたという。冤罪の人は特に……憤《いきどお》りとか、深い悲しみとか、複雑な想いを抱いていたに違いない。

これから、隔絶された世界へと行かなければいけない苦しみ。

「……せつないですね」

ふと、ガラスに隔てられたパラレルワールドの姫と王子を想った。

触れたいのに、触れられない。せつない彼らのことを。——何かを、摑みかけた。今後の彼らの物語に重要な何かを。

それなのに。

「聖?」

くいっと繋いだ手を持ち上げられ、現実に引き戻される。レオが、指先にキスをした。聖はカーッと頰を紅潮《こうちょう》させる。

「やっ、やめてください! 外で変なことしないで」

振りほどこうとしたけれど、それは叶わなかった。

手のひらが熱い。一瞬だけ摑みかけた物語の尻尾《しっぽ》は、遙か彼方に消えてしまった。

「変なこと? ためいき橋といえば、誓いのキスだろう?」

「それ、違いますよね? あの橋の下をゴンドラで通る時にキスした恋人同士は永遠に結ばれるんでしょう? しかも日没の瞬間じゃないとダメじゃないですか」

捲《まく》し立てると、レオがクックックッと肩を揺らして笑う。

「やはりあの映画か。聖は好きそうだと思っていたが」

そう言うレオが、映画のことを知っていることに驚かされる。

それは一九七九年に公開された、純愛青春バイブルと誉《ほま》れ高い映画だ。フランス人の少年とアメリカ人の少女がベルサイユ宮殿で出逢い、ためいき橋のサンセット・キスの伝説を信じてヴェネツィアに旅立つというラブロマンスだが、誘拐事件と勘違いされたことから騒動が起こり……。

せつなくて、愛しくて、聖はこの映画のＤＶＤを何回繰り返したか分からないくらい見ている。ローマで王女が記者に恋をする映画と並んで、大好きな物語だ。

「……すみませんね、乙女趣味で。あの伝説が作り話っていうことも知ってますけど、……でも、好きなんです。ほっといてください」

「頬を薔薇色に染めて憎まれ口を叩いても、愛らしいだけだと分かっているか？」

「っ！　へ、変なこと言わないでください。外ですよ。日本人観光客だってわんさかいるはずなんですからっ」

抗議すると、またクスクス笑われてしまった。

その笑顔は彼自身からキラキラと光が零れるように美しい。繋いでいる手が熱くて、……少し震えた。

「サン・マルコ寺院を見に行こう。こちらへ」

レオに手を引かれ、橋の階段を降りる。相変わらず注目を集めてしまう。恥ずかしくて眼を伏せたくなったが、目の前に現れた寺院の美しさに俯《うつむ》いてなどいられなかった。

「……すごい。壮麗って……こういう時に使う言葉なんですね」

「これは九世紀に建造された、ビザンチン建築と呼ばれる建物だ。こういう歴史や薀蓄《うんちく》は好きかい？」

「聞くのは好きです。でも、すみません、覚えるのは無理です」

ハハッとレオが白い歯を見せて笑う。

「覚える必要はないさ。気になったことはなんでも聞いてくれ。私に分かる範囲で答えるよ」

「あ、じゃあ、あの入口の頭上にある絵って、建築当時のものですか？」

「どれ？」

「あの、扉ごとにずらっとあるやつです」

宗教画の一幕が、横並びに描かれている。

「あれは時代によって違うな。絵画の様式も、技法も。例えば中央と、その左隣を見比べてごらん。違いが分かるか？」

「……人の顔とか、躰の輪郭《りんかく》線が違います。あと、色の鮮やかさが全然違う」

左側の絵は、艶々としていて全体的にとても明るい。

「さすがだね。あの二枚には、三百年ほどの隔たりがある。左側が後だね。あの絵は、ガラスの破片を張り合わせて描かれているモザイク画だから鮮やかなんだ」

「えっ、ガラス？　ヴェネツィアン・ガラスですか？」

「そうだよ。早い時代からこの町ではガラス細工が盛んだったからね。タイルよりも鮮やかな色ガラスの破片を用いる技法が発達したんだ」

「すごい……！　これぞヴェネツィア！　っていう感じですね」

感嘆の溜息が零れてしまう。

「中に入ろうか？」

「はい！」

寺院に入る時に簡単なセキュリティチェックがあり、繋いでいた手が離れた。一瞬、違和感を覚えた自分に聖は焦る。

寺院の中では、さすがに手は繋がなかった。レオは小声で丁寧《ていねい》な解説をしてくれて、聖は寺院美術を堪能《たんのう》する。

中でも、ステンドグラスの美しさには胸を打たれた。

荘厳《そうごん》で色とりどりの光には、無宗教の聖でも祈りを捧げたくなってしまう。

寺院を出ると、真正面がサン・マルコ広場で、その傍《かたわ》らに鐘楼が立っている。赤い煉瓦に覆われ、ピラミッド型の緑色の小塔と、大天使ガブリエルの黄金の像を戴《いただ》いている。

「上ろうか。今なら、鐘が鳴るまでに降りてこられる」

「え、鳴る時も上にいられるんですか？　それなら、せっかくだから……」

「すさまじい音に耐えられるかい？　展望台は鐘の真下にある。頭の中に手を入れてぐっちゃぐちゃに掻き混ぜられるくらいの衝撃だが、それでもいいなら」

「やめておきます。……遭遇したことがあるんですか？」

「子どもの頃ね。父に連れられて上ったら、鐘が鳴り出してものすごい衝撃を受けた。耳を押さえてうずくまってもぐわんぐわん揺さぶられる感じで、もう二度と鐘楼には上るまいと心に誓ったものだ」

　想像したら、笑みを誘われる。この人の小さい頃は、どんな少年だったのだろう。

「それは災難でしたね。お父様も、驚かれたんじゃないですか？」

「ところが、気づいたら父はいなかったのだ。鐘が鳴る時間にはすでに地上へ降りていた」

「えっ？　なんで？」

「私に鐘の洗礼を受けさせるためのいたずらだったらしい。今となってはお茶目《ちゃめ》だと笑えるが、当時は本気で怒ったものだよ」

　耐え切れず、聖は吹き出していた。

　王者の風格を湛《たた》えたこの人も、親には叶わないのだと考えると微笑《ほほえ》ましい。

「ヴェネツィアで生まれ育ったんですか？」

「ああ。パラッツォとは違う別の小島に実家がある。先祖代々そこで暮らしてきた。ここが私の生まれ故郷で、愛する町だ。聖、見てご覧」

　話しているうちにエレベーターが展望台に到着し、視界が拓《ひら》ける。

　赤い屋根が建ち並び、運河が走り、ゴンドラが行き交っている様が一望できた。

「うわぁ……。すごい、きれい……！」

　非日常の光景に、映画の中に自分がいるような気持ちになった。

　ヴェネツィアにいるんだ、と今さら実感する。

「レオ、あれはなんですか？」

隣を振り仰ぐと、彼は聖をじっと見つめていた。

深い感情を籠めた、優しい漆黒の眸に、ドキッとさせられる。

「……あ……」

「――どれ？」

静かな声で、レオが尋ねた。背にそっと手を回され、ピクッと躰が跳ねる。緊張で背筋が伸びてしまう。

「……あれ、です。あの運河の向こうの、白くて丸い屋根の」

「ああ、教会だ。サンタ・マリア・デッラ・サルーテ教会。中心部だけでも三十以上の教会が建ち並んでいる。歴史のあるものから、比較的近代のものまで」

「そんなに密集しててケンカとかにならないんですか？　……あ、京都の神社仏閣みたいなものかな。お寺の隣がお寺とかでも、ケンカしないですもんね。それと一緒か……」

ひとりごちると、レオが肩を揺らして笑った。

今日の彼は本当によく笑う。

「聖、頭上を見て。これが鐘だ」

「え？　……おっきい！」

それに近い。聖は思わず手を伸ばしてジャンプしたが、届かなかった。しかしレオなら余裕で触れられるだろう。

「……身長いくつですか？」

「聖を抱きしめたら腕の中に閉じ込めてしまえるくらい、だね」

「実践しなくていいですっ」

両手を広げたレオから逃げる。そして顔を見合わせ、同時に吹き出した。

「見事な逃げっぷりだったね。そんなに照れなくてもいいのに」

「照れてませんから。常識ですから」

自然と笑えている自分が不思議だった。周囲の人は相変わらずレオを見て、次いで聖を見て、眼を丸くすることが多いけれど、最初ほど気にならなくなっていた。

レオが自然体だからかもしれない。あの離れ小島の宮殿で、ふたりきりの空間に閉じこもっているのではなく、広い空の下、青い海と赤煉瓦の家々を眺めながら歩く解放感が、逆にふたりの心を近づけたような気がした。

「堪能できた？　次に行こうか」

「はい！」

伸ばされた手を取り、エレベーターに乗り込む。地上に降りて鐘楼を仰ぐと、その高さに改めて感嘆させられる。

「さあ、次は工房だ」

「工房？」

「ヴェネツィアン・ガラスだよ」

「見たい！」

広場から細い路《みち》に入り、細い運河を跨ぐ小さな橋をいくつか越えると、時代を感じさせられる建物に到着した。重厚な扉が開くと、いきなり高炉が現れた。こんなこぢんまりしたところで制作しているのだろうかと不思議に思ったが、本島にあるのはデモンストレーション用の高炉のみで、実際の工房は十三世紀以降、少し離れたムラーノ島に集められているという。過去の大火災の教訓や、技術の流出を警戒しての国策だとも言われているとレオが教えてくれた。

デモンストレーションとはいえ、職人は手練《てだれ》だ。長い棒の先にガラスを巻きつけて、真っ赤な高炉に入れて噴くということまでは知っていたけれど、赤々と溶けたガラスをピンセットのような道具でつまみ、飴《あめ》細工みたいにひょいひょいと伸ばして形作ると、あっという間に馬や鳥の置物が完成してしまうことに聖は見入った。

「魔法みたい……」

聖のひとり言をレオが訳すと、職人がニコッと嬉しそうに笑う。

いつまでも見ていたいけれど、高炉の熱でじりじりと顔が熱くなってきた。こんな環境で長時間働く職人はすごい。

「完成品の展示室に行くか？」

「あ、見たいです」

工房を後にし、階段を上る。歴史ある小さな建物なので、エレベーターのような近代的なものはない。延々と階段を上っていると、聖はかなり息切れしていたのに、手を引くレオはケロッとしている。

「抱いて上がろうか？」

「結構です！」

というやり取りを笑顔で何度か繰り返し、ようやく六階の第一展示室に到着した。

「うわー、きらきらしてる……」

レオの自宅にも効果的にヴェネツィアン・ガラスが飾られているが、ここはさすが工房。床以外のすべての面が、ガラス細工で埋め尽くされているのだ。

天井からはガラスのシャンデリアも下がっている。中には鳥や魚を模《かたど》ったものもあり、メルヘンな世界への妄想が膨《ふく》らむ。

――『あたし』の部屋には、こういうシャンデリアがいいな……。

物語の姫の部屋に、お気に入りの調度が一つ増えた。

レオがイタリア語で何かを言うと、店員がグラスをいくつかテーブルに並べ始めた。

「どうしたんですか？」

「シャンパンフルートを見せてくれと頼んだ。今夜の乾杯用グラスを一緒に選ぼう」

「えっ、僕はいらないですよ」

「今日の記念に、私が持っていたいのだ」

記念という言葉に、妙に心が騒いだ。それは今日が思い出に……すぐに過去になってしまうことを示唆《しさ》しているからだろうか。

「何色が好きだ？」

グラスは五色並んでいた。透明、赤、青、黄、緑。それぞれのガラスの地色に、金色で模様が描かれている。

シャンパンが映《は》えるのはやはり透明だろう。しかし聖は青が気になった。

パラッツォ・カジノでも青のロンググラスには水が入っていて、聖は何度もそれを選んだ。

そして脳裏に鮮やかに甦る――バカラテーブルに置かれた、青いガラスのカフスボタン。

レオが着ていた燕尾服の袖から取った、チップ代わりのそれが、やけに鮮明に思い出される。

――この人のイメージに重なるのかな。

彼は艶やかな漆黒の髪と眸が印象的だけれど、どこか透明な色を持っていた。

それが、この青いガラスなのかもしれない。

なぜだろう。どこか……パラレルワールドに住む『王子様』の印象がチラつく。

全然違うのに。どんなに願っても触れられない王子様とは違って、レオは強引に熱を伝えてくるのに。

「聖？」

急に黙り込んだ聖を、不思議そうにレオが覗き込んでくる。

聖は無理矢理笑顔を作り、なんでもない、とかぶりを振った。

「……青がいいです。青にしてください」

二脚のシャンパンフルートは今日中にパラッツォに届けられることになり、ふたりは手ぶらで工房を後にした。

レストランで遅めの昼食を取り、「ローマではないが」と言いつつレオが買ってくれたジェラートで喉を潤しながら町を散策した。

工房で感じた違和感などなかったように、聖は笑顔で一日を過ごした。

気づけば、夕陽が差していた。

屋根だけでなく、昼間は白かった壁も煉瓦色に染まっている。

「聖、そろそろ……」

レオが口火を切った時、淋しさが胸に広がった。

そろそろ帰ろうか、と続くのだと思った。

けれど、レオは今日一番と思えるような優しい笑みを頬に浮かべ、まったく違うことを口にした。

「ゴンドラに乗ろうか。観光客も減ってきた頃だ。黄昏《たそがれ》時のゴンドラは格別だぞ」

「……乗りたい！」

淋しさなど吹き飛んで、嬉々としてゴンドラ乗り場まで移動した。

船体が黒光りしたゴンドラは、まるで高級外国産車のようだと思った。座席は大人ふたりが並んでいっぱいいっぱいだ。男同士だと、ぴったりと躰をくっつけることになる。

レオは当然のように聖の腰を抱き寄せた。

後ろでゴンドリエーレが舵《かじ》を操《あやつ》っているのに、堂々としすぎだ。

離れようと身を捩《よじ》ったけれど、不用意に動けばゴンドラが揺れる。

「じっとして。私に躰を預けて」

耳元で囁かれてしまうと、もう動けなくなった。

レオの声は甘い。レオの声で胸の中も甘くなる。

ゴンドリエーレが『サンタ・ルチア』を朗々と歌い上げながら細い水路を進んでいく。

建物は干潟《ひがた》に何千本もの杭《くい》を打った土台の上に建っているとレオから説明を受けて知っているが、どう見ても海の中に直接建っているように思える。とても不思議な光景だった。

小さな橋をいくつも越える。上を渡っていた時とはまったく違う風景だった。ヴェネツィアにはいろんな表情があるのだなと思う。

町は静かだった。時折橋を渡る観光客に出くわすが、それ以外に騒音らしきものはまったく聞こえない。ゴンドリエーレの歌声と、オールが立てる水音が静かに響くだけだ。

ゆらゆらと優しく揺れるゴンドラと、片側に感じる体温の温かさ。

心地よくて、……ずっとこのままでいたくて。現実感が薄れていく。

「Ti amo」

「…っ」

耳朶《じだ》に唇をつけて囁かれた。

突然のことに驚き、いつの間にか凭《もた》れかかっていたレオから自分の身を引き離す。

「何す…っ」

ゴンドラが大きく揺れた。海に落ちる、と咄嗟に助けを求めて手を伸ばす。その手をレオが強く引き、抱き寄せてくれた。彼の胸に飛び込んでしまう。甘い、薔薇のようでいてスパイシーな彼の香りを鼻腔いっぱいに吸い込んでしまう。

ゴンドリエーレにレオが声をかける。きっと急に動いたことを謝ったのだろう。

「……すまなかった、聖。私が驚かせたばっかりに」

答えられなかった。首を振ることさえできない。レオの胸に頬を埋め、彼の香りに包まれながら……少し速い鼓動を聞いている。トク、トク、トク……頬に直接伝わってくる彼の心臓の音がせつない。

——どうしよう。僕……この人に、惹かれてる……。

すごく。簡単に言葉にできないくらい。

「聖?」

顔を上げることなどできなかった。

自分が今、どんな表情をしているか分からなくて怖い。

——駄目なのに。

この人を好きになっても、未来なんてないのに。

レオはあの豪奢なパラッツォ・カジノのオーナーで、聖は一般人。しかもいつかは日本へ帰る身だ。早ければ数日後にも。

——好きじゃ、ない。

心の中で唱《とな》えた。

途端に、泣きたくなった。

——好きになんか……ならない。

もう遅い、ともう一人の自分が囁く。

けれどこれは本当の恋なのか? と、さらに違う自分が呟く。

中司に対しての恋心が執着へと変化していたことに気づかなかったように、何か違う感情を恋と取り違えているのかもしれない。ここは日常すべてがお伽の国のようで、現実と夢物語が入り混じって、自分が冷静かどうかの判断さえできないのだから。

雰囲気に流されているだけではないか?

自分の気持ちに自信が持てない。

「Ti amo」

レオがさっきと同じ音を口にした。

彼の胸に顔を埋めたまま、聖は呟く。

「……それ、なんですか?」

「愛の言葉だ、聖。Ti amo――『私は、きみを愛している』」

「……っ」

胸が詰まった。

想いが溢れそうになる。

駄目だ、と思った。こんな曖昧《あいまい》な状態で、自分でも分からない感情を彼に知られるわけにはいかないのに、このままでは想いが決壊してしまう。

なんとか食い止めなければ。

「……僕の恋は、『触れたいのに、触れられない』せつなさです。こうしていつでも触れられるのは、恋じゃない」

搾《しぼ》り出すように、聖は言った。

声が震えてしまったけれど、これが精一杯だった。

しばし、静寂《せいじゃく》がふたりを包む。

ゴンドリエーレはもう歌っていない。舵を取る水音だけが、静かに、静かに、時を刻む。

「――ふたりの間には、ガラスがあるから？」

「……え？」

顔を伏せたまま、聖は眼を見張った。

「ガラスが、ふたりの世界を隔てているから？」

重ねて問われた言葉に、まさか、と聖はある可能性に気づく。

まさかレオは……聖の小説の内容を知っているのだろうか。

――そんな……恥ずかしすぎる。

知らない誰かが読んでくれるのは嬉しいが、あんな乙女チックな内容を、実際に知っている人に読まれるのは顔から火を噴くほど恥ずかしいのだ。

しかもそれが、よりにもよってレオだとしたら……。

――う、海に飛び込みたい……！

「触れたいのに、触れられない？　ガラスがあるから？　――それなら、そんなもの」

レオが言葉を切った。

そして俯いてばかりいる聖の頤を掴み、ぐいっと上を向かせる。

いつの間にか、陽《ひ》が沈もうとしていた。

薄闇が迫る中、レオの漆黒の双眸がまっすぐ聖に斬り込んでくる。

「壊してしまえばいい」

力強い声がそう告げるや否や、聖の唇は塞《ふさ》がれていた。

「…んっ!?」

ゴンドラは進む。頭上にスウッと影が通り過ぎる。聖は動けずにいた。くちづけに抵抗もできず、熱い舌の侵入を許してしまう。——と、その時。

ワッと歓声が上がった。

まるでコンサートホールのように、細い水路に歓声と拍手が反響する。

「えっ？　何!?」

くちづけを解いて周囲を見回すと、橋や通路から人々がこちらを見下ろしている。薄闇が迫る中、彼らが拍手喝采《かっさい》している理由は。

「日没の瞬間、ためいき橋の下を、キスしながら通り過ぎる。これで私たちは永遠に幸福を味わえるな」

不敵な笑みを浮かべるレオに眼を剝き、聖は後方頭上を見上げた。

窓が二つ並んだ小さな橋が、後ろへと流れていく。

「……あ、あれ、ためいき橋？」

「Ti amo, Ti amo!　聖、愛している」

再び、唇を奪われた。

広々としたサン・マルコ運河に出る最後の橋をくぐるゴンドラに、惜しみのない拍手と歓声が贈られる。

レオのくちづけは熱くて、熱すぎて……力を籠めて割らなくとも、ガラスなど溶けてしまうのではないかと——怖かった。

‡◇‡

『あたし』の嫁《とつ》ぐ日が近づいてくる。

一度も会ったことのない、名前さえも知らない、東の果ての国の王子へ嫁ぐ日が。

『あたし』はガラスに手を当てた。

この向こうに、あの人がいるのに。

このガラスの向こうに、恋しい王子様が生きているパラレルワールドが広がっているのに。

どうして『あたし』は彼に触れられないの？

なぜ、手のひらと手のひらを合わせても、冷たいガラスの感触しか感じられないの？

好きなのに。

こんなにも王子様が恋しいのに。

どうして、どうして、どうして——。

やるせない想いが募《つの》る。

『あたし』は王子様と見つめ合った。

彼の瞳には、燃えるような恋の熱が宿っていた。

「コワセ」

どこからか、声が聞こえた。

はじめは意味が分からなかった。

「こわせ」

声が少し大きくなった。
『あたし』は部屋を見回す。
誰？　誰かいるの？

「こわせ、こわせ、――壊せ」

最後は耳元で聞こえた。
それはひどく甘美な声だった。

「壊してしまえ。ふたりを隔てるガラスなど」
『……こわす？』

『あたし』は尋ね返した。
すると声が笑った。甘く、優しく、……うっとりするような声が。

「壊せ！　そして、手を伸ばせ！」

『あたし』は、銀の杯を振り上げた。
ガラスの向こうで王子様も、真鍮《しんちゅう》の剣を振り上げた。
振り下ろす。同時に。
眼が合った。せつなくて、恋しくて、ただあなただけを求めるまなざしが絡み合った。
ガラスが割れる。音を立てて崩れる。
眼を瞑った。願いを籠めて。想いを籠めて。愛を籠めて。
そしてゆっくり、瞼《まぶた》を上げると……。

そこには、無惨《むざん》に砕《くだ》け散った姿見が。

もう、何も映さない。
『あたし』の姿さえも見えなくなった姿見が、静かに壁にかかっていた。

聖はそっと身を起こした。

自分を抱き寄せるようにして眠っている彼を起こさないように、静かに腕の中から抜け出す。

レオは穏やかな寝息を紡いでいる。

怖いくらい強い光を帯びている漆黒の双眸も、今は瞼に覆い隠されている。だから安心して、彼を見つめることができた。

——レオ。

心の中で呼び、額にかかる艶やかな前髪を、そっとかき上げてみる。

きゅっ、と胸の奥が甘く痛んだ。

それは恋にとてもよく似ていた。

けれど——間違いだと思った。そう思わなければならなかった。

これは、選んではいけない道だと聖の中の何かが告げていた。

——明日で、十四日目だ。

もうすぐ夜が明ける。そうすると残りは二十四時間ほどで、聖がはじめに申請していた滞在期限が終了する。

そのことをもちろんレオは分かっているはずなのに、彼は何も言わない。

聖も、自分からそのことには触れられなかった。

口にしたら、知られてしまいそうだったから。最初ほど……帰国を切望していないこと。

寒さを感じ、聖はふるっと身を震わせた。

レオは夜着を身につけているが、聖は一糸纏わない姿だ。夏に近づく季節とはいえ、空調が利いている寝室でこの格好は肌寒くて当たり前だと思う。

昨夜は本島から帰るなり、ベッドに雪崩《なだれ》込んだ。

衣類を剝《は》ぎ取られ、躰中を愛撫され、聖は彼にすべてを晒け出した。舐められた場所すべてが溶けてしまうのではと恐れたほど、強烈な快感だった。

初めて自分から手を伸ばし、レオの肌に触れた。裸を見たのは上半身だけだったが、均整の取れた美しすぎる裸身にひとりでに熱い吐息が零れた。

見つめられただけでドキドキして、躰の芯が熱を持って、自分ではどうしようもなくなった。

好き、と。

口をついて零れそうになるたびに、キスをせがんで唇を塞いでもらった。

愛している、とそのたびに囁かれた。

もう、どうなってもいいと何度も思った。

けれどレオは最後まで、聖を本当の意味で抱こうとはしなかった。

——どうして？

自分はレオに欲しがってもらえるほどの魅力がないのだろうか。

やはり、これはひと時だけの夢物語なのか。

それなら、過《あやま》ちを犯さずに済んでよかったじゃないかと自分自身に語りかけるが、胸の奥がシクシクと痛み続ける。

——これからどうしよう。

聖は溜息をついた。

聖は熱いくちづけを知ってしまった。逞《たくま》しい腕に……レオの腕に抱きしめられる快感を知ってしまった。

それなのに、これから一人で生きていかなければならなくなったら……。

考えるだけで凍《こご》えるような寒さを覚える。

——……レオ。

今この胸に溢れている甘くて苦い想いに、なんと名前をつけたらいいのだろう。

※　６　※

朝食の席で、レオが当然のように言った。

「聖《きよら》、いつ帰国する？　私も段取りをつけねばならないから、予定が立ったら教えてくれ」

ごきゅん、とオムレツの塊《かたまり》とともに息を呑む。

「……よ、予定って？」

「私のスケジュール調整と、自家用機の手配だが？」

「ほ、本当についてくるつもりなんですか!?」

「私がきみを、ひとりきりの長い旅につかせると思うかい？　永住権の取得についてこちらで動ける範囲のことは既に手を尽くしているが、日本でなければできないことも多くあるからね」

「えっ、えいじゅうけん……？」

ナイフとフォークを握り締めて、だらだらと汗をかく。

「永住権くらい、きみのためなら容易《たやす》いものだよ？」

朝の爽《さわ》やかな陽射《ひざ》しを受けるダイニングルームで、艶《つや》やかな黒い眸《ひとみ》をうっとりと細めてレオは囁《ささや》いた。

——いや、取得が難しいとかそういうことじゃなくて。

「……あの、僕、二週間の滞在で申請してたんですけど」

「観光ビザは九十日ある。きみの都合が許すなら、急いで帰国することはないが？」

「……あ、そうなんですか」

思わず頷《うなず》いてしまった。そういう問題ではないのに。

——永住権？　永住権って……ずっとこの国に住めってこと……だよね？

考えてもみなかった事態に、聖は混乱する。

今朝方、ひとりで抱いたせつなさは一体なんだったのか。真剣に恐れていたというのに。

落ち着こう、と紅茶を飲み干す。

すると御用聞きが優雅に紅茶を注《つ》ぎ足してくれた。とろりとした白磁のティーカップに注《そそ》がれる深い赤の水色《すいしょく》が、昨日ゴンドラから見上げた黄昏《たそがれ》の空を思い出させる。

隣には、レオがいた。

ずっと聖を抱き寄せていた。

ゆらゆらと優しく揺られながら、ゴンドラは細くて長い水路を静かに静かに進んでいた。

——あんなふうに……これからも一緒にいられる？

俄《にわ》かに浮上した可能性に、聖はドキドキした。

そんな未来、考えたこともなかったのに。

「できればご両親のご都合も確認しておいてくれ」

「……なんでですか？」

「ご挨拶《あいさつ》にうかがいたいからに決まっているだろう？　お宅の息子さんを私にください、と畳で土下座するのだ」

ふふ、とこれ以上なく嬉しそうに微笑《ほほえ》むレオに、聖はフォークとナイフを取り落とした。床にまで転がり落ちてしまったそれらを慌《あわ》てて拾おうと視線を落とした時には、既に御用聞きが回収済みだった。聖の前に、新しいフォークとナイフがセッティングされる。レオの言葉に動揺しすぎて、逆に冷静に見守ってしまう。

「………うち、畳ないです。和室、作らなかったので」

挙句《あげく》に口から零《こぼ》れたのは、そんなどうでもいいことだった。

しかしレオは眼を見開く。

「日本は畳に卓袱台《ちゃぶだい》ではないのか？　私が日本に行った際は、どこの旅館も畳と卓袱台がセットであったが」

「……旅館だからですよ。一般家庭では少なくなってきて……」

――いや、こんな話がしたいんじゃなくて。もっと、永住権のこととか突っ込まないと。

「そうだったのか……。聖が淋しくないようにそこのシアタールームを和室に改装しようとしていたのだが、必要ないか？」

「ええっ」

レオが示したのは、フロアの一角にある豪華な一室だ。小さな映画館とでも表現したくなるような設備が整っていて、リクライニングのあるゆったりとしたソファが二脚だけ置かれている贅《ぜい》沢《たく》な部屋だった。

「もっ、もったいないのでやめてください！」

「……そうか」

ひどく残念そうなのは、彼自身が和室をほしかったからではないかと、ふと思う。何せ、宮殿の最上階に日本式の露天風呂を作ってしまう人だ。日本贔《ひい》屓《き》は半《はん》端《ぱ》ではないのだろう。

ぐるぐる考えていると、すっかり朝食を平らげたレオが聖を観察するように見つめていた。

「……なんですか」

「きみが見せてくれるさまざまな表情の一つも逃《のが》すまいと、見つめているだけだよ」

蕩《とろ》けるように甘い声でそんなことを言われ、平静でいられるわけがない。

聖は慌ててレオから視線を外し、朝食の残りに取り掛かった。ほくほくで美《お》味《い》しいはずのオムレツなのに、緊張して味が分からない。

「聖、今日はカジノで遊ばないかい？」

「……すみません、ルールとか、よく分からないので」

あまり賭け事自体に興味が持てないのだ。さすがにそれをカジノのオーナーであるレオにはストレートに言えないが。

「テーブルゲームに興味がないことは知っている。だからスロットマシーンはどうだ？　チップもこちらで用意しよう。勝っても負けても換金はなしだ。マネーゲームではなく、ただスロットを楽しむといい」

それは少し心惹《ひ》かれた。

「あなたも一緒にするんですか？」

「きみが望むなら」

いちいち艶っぽい眼で見つめるのはやめてほしい。なぜか今日は、まったく表情を繕《つくろ》えない。

「じゃあ、……はい。少しだけ」

そんな笑顔を見せられたら、俄かに見え始めた夢のような未来が――現実になることを期待してしまいそうだ。

＊　＊　＊

カジノエリアのドレスコードはブラックタイ以上なので、タキシードに着替えてスロットマシーンフロアに降りた。

今日はレオもタキシードだ。

彼はどうしてこんなに眼を引くのだろう。同じ服装なのに、彼だけステージの上でスポットライトを浴びているような耀きを放っている。それが存在感とかオーラというものなのだろう。

「このフロアは、三年前に新設した。それまでパラッツォには、スロットマシーンは一台も置いていなかったのだが」

「え、そうなんですか？」

聖はカジノに無知だが、どこにでもスロットマシーンはあるのだと思っていた。

「ここは貴族の社交場が由来だ。対面式のテーブルで、会話もゲームもどちらも楽しむという流れを汲《く》んでいるから、いくら売り込みをかけられても決してマシンは置かなかった」

フロアを歩きながら、レオが説明してくれる。

昼下がりという時間帯のせいか、プレーヤーはまばらだ。隣同士の台でゲームに興じていたり、一台をふたりで囲んで話に花を咲かせつつゲームをしている人もいた。

そんな人々の脇を通ると、彼らは決まってレオに見惚《みと》れる。男性も例外ではない。これほど圧倒的な存在感を見せつけられると、張り合おうとは思わないらしい。

今日のレオは従業員用の燕尾服《えんびふく》ではないため、ゲストの視線を気にする必要はなかった。

彼は、聖だけを見つめてくれる。

優雅にエスコートして、優しく微笑みかけてくる。まるでこの世にふたりだけしか存在しないように、聖しか見ていない。それが、こんなにも嬉しいことだなんて知らなかった。

「どうして設置したんですか？」

「日本で素晴らしいゲーム台に出逢ってね。パラッツォ専用に改良を加えられるというから、設置を決めたのだ」

「これ、日本製なんですか？」

日本でカジノ用のスロットマシーンを作っているとは、驚きだ。日本にはカジノ自体がないのに、不思議な気もする。

「どこのゲーム会社の……」

「大手ではない。ＫＯＤＥＲＡ《コデラ》ｓｔ《スロット》という町工場の製品だ」

「えっ、町工場？」

「いや、町工場と言っては失礼か。スロットマシーンだけを製造している企業だ。小規模だが世界でも技術はトップクラスで、五年前にはラスベガスへの大量納入もしている」

「へえぇ……」

心底感心する。日本の底力を見たというか、なんとなく誇らしい気がした。

「ラスベガスでの評判を聞いて見に行ったんですか？」

「いや、我々の契約も五年前で、その頃はまだラスベガスにはなかった。私は温泉めぐりの帰りに技術者の評判を聞いて立ち寄っただけだ。だが実際にゲーム台に触れて、一目惚《ひとめぼ》れしてしまった。これなら我が会員も満足すると確信したのだ」

嬉しそうに話してくれるレオに、聖はなぜかもやもやとしたものを感じた。

――一目惚れって……この人、単なる日本マニアだったりして……。

「私の審美眼は正しかった」

「……日本、好きなんですね」

「ああ。日本は本当に素晴らしい国だ」

母国を褒《ほ》めてもらえるのは嬉しいけれど。

「エキゾチックで、神秘的で、きみを育ててくれた日本を私は愛している」

「そうですか」

なぜか、素《そ》っ気《け》なくなってしまった。

レオは、おや？　と片眉を上げる。

「聖、もしかして日本に嫉妬《しっと》しているのかい？　私が愛している人は、聖だけだよ？」

頰をスルッと撫《な》でられて、肌が粟立《あわだ》つ。

「なっ、……ち、違います！」

口では否定したけれど、なんとなく、本心を言い当てられてしまったような気がした。

もちろん自分と一国を天秤《てんびん》にかけたわけではないけれど、聖が日本人だからこの人のお眼鏡に適ったのではないかと疑わしく思えたのだ。

「それで、どこでゲームするんですか」

突慳貪《つっけんどん》な言い方になってしまったが、レオは優雅に微笑んで聖の腰に手を添える。

「台は五種類ある。きみが好きなのはどれか教えてくれるかい？」

「……どう違うんですか」

拗《す》ねたような口調に、自分で驚いた。

これではまるで、甘えてるみたいではないか。

そう気づいたら恥ずかしくなる。

「説明しよう。まずこちらの台の特徴は、水路をゴンドラで進む迷路形式になっていて——」

きっと聖の態度は不自然だったに違いないが、指摘することなくレオは完璧にエスコートしてくれた。

台を決めて、ふたりで覗き込む。

「ここにチップを入れて、こちらのバーを引く。チャンスは三回だ。タイミングを自分で合わせられるのが、この台の特徴なのだ」

宮殿の内装に合わせたきらきらしい装飾つきで、バーはなんと剣の形をしていた。

ふと、書いたばかりの物語で王子様が振り下ろした真鍮《しんちゅう》の剣を連想する。

——レオは……ガラスを壊して、どうするんだろう。

物語の続きは考えていない。

ゴンドラで彼が「壊してしまえ」と言った声の力が強烈で、勢いのままにあの展開を書いてしまったのだから。

――やっぱり、書き直した方がいいよな……。

壊してしまったら終わりだ。パラレルワールドの境はなくなり、彼の姿さえ見えなくなるのだから。

来週配信分の提出まではまだ時間がある。

冷静になって、物語の進む方向を考えた上で書き直した方がいい、と聖は思った。

「ほら、やってごらん」

御用聞きが運んできたチップをレオが差し出してくれる。聖は複雑な感情を抱きながら、それを受け取った。

投入口にチップを入れると、機械が動き出す。同時にクラッシック音楽がオーケストラバージョンで奏《かな》でられ始めた。さすがパラッツォ仕様だ。

「もう引いていいですか？」

「いつでもどうぞ。この先に広い運河のゴールが拓《ひら》けていると思ったら、そのタイミングを逃してはいけない」

見極めるのは難しい。けれど信じていなければ舵《かじ》は取れない。

一度目のバーを引いた。台の中でゴンドラが水路を曲がる。進んでいくといくつかの分かれ路《みち》に出逢った。三つやり過ごし、次の水路でバーを引く。すると水路はどんどん狭くなっていった。

「……あ、ダメ。だめですよね、これ。こんなに狭くちゃ曲がれない」

「諦《あきら》めてはいけない。もう無理だと思った次の瞬間、道が拓けることなどいくらでもあるのだから」

ドキッとした。ただのゲームの話なのに、彼の艶やかな声で囁かれると、もっと深い物事を語られているような気になってくる。

細い細い水路をやり過ごし、橋をくぐったところで、えいとバーを引いてみた。

ゴンドラが曲がる。けれど曲がり切れなかった。『残念!』とイタリア語の表示が出る。

「ああー……」

「コツを摑むまでは難しいね。でも完全な運任せでないところが、このスロットマシーンの面白さだ。さ、次のゲームだ」

チップをレオが入れてくれる。気を取り直して、一度目のバーを引いた。

二回目のゲームでは運河に出られ、チップが少し出てきた。三回目、四回目とゲームを重ねるうちにコツが分かってきて、迷路になっている水の路に眼をこらすのが楽しくなってくる。

「よし、私も参戦しよう」

レオも隣の台に座り、ゲームを始めた。

彼は水路を見極めてバーを引くこともあれば、台から流れるクラッシック音楽のタイミングで進路を決めてしまうこともある。今にも歌い出しそうに音楽に身を委《ゆだ》ねてバーを操《あやつ》る様《さま》が楽しくて、それでいてかっこよくて、聖もいつしか声を上げて笑ったり真似《まね》をしてバーを動かしたりしていた。

手元のチップは増えたり減ったりしている。大量に吐き出されてきたら御用聞きがすかさずトレーで受け止めてくれて、なくなったと思ったら追加される。自分が総合的に勝っているのか負けているのか分からなかった。もともと換金しないとは聞いているが、総合的な勝敗が分からないからこそ、一回一回のゲームに集中して楽しめる。

どれくらいそうして遊んでいたのか、さりげなくレオに近づいて耳打ちする人がいた。襟《えり》に金刺繍《ししゅう》のある燕尾服は、メインのゲームホールのホールマネージャーだ。聖も何度も彼から話しかけられている。

二言三言会話した後、レオは座り直してゲームを再開する。けれどマネージャーは下がらず、また何かを耳打ちした。何かあったのだろうかと気になっていると、レオがイタリア語で返事をした。そのことに、ふと違和感を覚える。

——あ。そういえばこの人、僕の前では従業員とのやり取りも全部日本語で話してた。

今さらそんなことに気づく。

それはレオの気遣いだったのだろう。目の前で堂々と内緒話をされているような印象を受けて、聖が不安にならないようにしてくれていたに違いない。

それが、耳打ちとはいえイタリア語で会話しているとなると、何か重大なトラブルでもあったのではないだろうか。

レオはとうとうマネージャーに向き直り、少し厳しい口調で何ごとかを話し合っている。

「あの……」

「どうした、聖？」

遠慮がちに声をかけると、間髪容《かんはつい》れず振り返ってくれる。優しい笑顔で、甘い声で。そんな彼の振り向きざまの表情にドキッとしてしまった。

「もし何かお仕事だったら、行ってください」

「今日の私は聖の貸し切りだ。きみが気にすることではない」

「気になります。だってレオは、このカジノのオーナーでしょう？　あなたにしかできない大事なことがありますよね？」

具体的なことは何も分からないが、一昨日《おととい》まで一日の大半は自宅にいなかったため、多忙だと予想はつく。三度の食事は必ず聖と取っていたが、それも無理をしていたのかもしれない。

「僕はもう少しここで遊んでますし、満足したら先に部屋に戻ってます」

レオは黙って聖を見つめた。そのまなざしがやけに艶やかで、聖はドギマギさせられる。

「私はきみに出逢えたことを、神に感謝するよ」

「ええっ」

そんな大袈裟《おおげさ》な。聖は思わず仰《の》け反ってしまう。

「すまないが、ここはきみに甘えさせてもらう。家に戻る時は、中央のエレベーターのパネルに触れなさい。きみの指紋を認証して、自動的に最上階へと上がる仕組みになっている」

「え」

まさか、先日の脱走未遂時に勝手に動き出したのが、そういうからくりだったとは。

「上には部屋付きの者が待機しているから、必要なものはなんでも彼に言いなさい」

「大丈夫ですよ。適当にしてますから」

「それから、携帯電話を持っておくこと」

「あ、はい」

仕事の連絡が入るかもしれないから、とりあえず今も持っているけれど。レオがわざわざそんなことを言うのが珍しいと思ったら。

「後で、電話するよ」

ウィンクされてしまった。それでドキッとするのは、何か間違っているような気がするのに、赤くなる自分を止められない。

ホールマネージャーとともにレオが去り、聖はしばらく一人でゲームを続けた。けれど一人ではそれほど楽しくない。

「部屋に戻ります」

御用聞きに声をかけて、エレベーターの前まで案内してもらう。

最上階では既に顔なじみの青年が出迎えてくれた。

「おかえりなさいませ。お召し物はいかがなさいますか?」

「あー……また出かけるかもしれないので、このままでいいです」

もしもレオが急いで戻ってきてくれたら、寛《くつろ》ぎすぎているのも悪い気がする。

それに、レオが贈ってくれた新しいタキシードは、長時間着ていてもまったく疲れなかった。自前のものと何が違うのかよく分からないが、レオの言う生地《きじ》や縫製《ほうせい》へのこだわりがこういうところに現れるのかもしれない。

御用聞きが淹《い》れてくれた紅茶を傾けながら、リビングルームで本を読んでいたところ、携帯電話が音楽を奏で始めた。見慣れない電話番号にレオだと疑うこともなく、通話ボタンを押す。

「はい」

『……浅川《あさかわ》?』

ドキッとした。掠《かす》れて小さな声だが、聞き間違えるはずがない。

——中司《なかつかさ》!

どうして今頃、と思った。

彼と別れてまだ数日しか経《た》っていないと気づいたのは、そう思った後だった。

咄嗟《とっさ》に抱いた感情に、自分で戸惑《とまど》う。声を聞けて嬉しいとか、恋しいとか、甘い感情は一切なかった。ただ、困惑した。

「な……」

呼びかけようとして、御用聞きの存在を思い出す。室内を見回してみたが、さっきまでドア付近に控えていた彼の姿はなかった。どうやら電話がかかってきた時点で下がったようだ。けれどこのまま話すと聞かれてしまう恐れがある。

「あ、ええと……お世話になっております。書斎に移動するので、少々お待ちください」

仕事の電話であることを装いつつ、書斎に飛び込んだ。

青い海を一望できる窓際まで歩を進めてから、改めて声を潜《ひそ》めた。

「中司？　どうしたの？　この番号って中司のケータイじゃないよね？」

『俺の番号からは繋がらなくなってた。おまえが着拒《ちゃっきょ》したんじゃねぇのか？』

「え、してないよ」

『じゃあ、あいつの仕業《しわざ》だろ』

レオの笑顔が脳裏に浮かび、胸の中に甘い感情が一滴、ポツンと落ちた。

中司からの電話で動揺していた心に、一筋の道標《みちしるべ》ができたように。

その事実にも、聖は愕然《がくぜん》とする。

自分は一体、いつの間に……こんなにもレオに心を奪われていたのだろう。

もう認めるしかないと思った。

自分は、レオのことを――。

『浅川、おまえを迎えに来た』

「……え!?」

中司の思いがけない言葉に、聖は瞠目《どうもく》する。

迎えに来た？　中司が？　どうして自分を？

「……なんで？」

『怒ってるのか？　誤解だ、浅川。俺があの日おまえを置いていったのは、あいつを油断させるためだぜ？　恋人のおまえを放って逃げるわけないじゃないか』

聞いたこともないくらい熱心に、中司が語りかけてくる。

混乱した。中司は今まで、聖に嘘をついたことがない。それならこの言葉も本当なのだろう。しかし最後の日に見せた彼の言動も……慰謝料を寄越せとか、そのイタリア野郎と幸せになれとか、それらの言葉も演技だったとは思えないのだ。

どちらの中司を信じればいいのだろう。

『一緒に逃げよう。今しかチャンスはないぞ』

――逃げる？

レオのもとから。

それは、数日前まで自分自身でも考えていたこと。

一度は本当に脱出しようと、夜の栈橋《さんばし》まで行ったではないか。

それなのに聖の心は、もう逃げる気などないと告げていた。ここから動きたくないと、脚がしっかりその場に留まって動く気配も見せなかった。

あんなに好きだった中司の言葉は、もう聖を動かす力を持っていなかった。

——本当に、執着になってたんだな……。

耳の痛い言葉だ。好きだと自分に言い聞かせて、一人にされたくないからとすべて中司の好むようにして、捨てられないように細心の注意を払ってきた。

わがまま一つ言ったことがなかった。

こんな自分と恋人になって、傍《そば》に置いてくれるだけで最大の甘えだと思っていたから。

けれどそれは決して中司のためではなく、自分のエゴだったと今なら分かる。

中司の傍にいるとせつなかった。触れたいのに触れられない、そのせつなさが恋だと思っていた。

けれど。

——僕は、レオといたら幸せなんだ……。

あの漆黒《しっこく》の双眸《そうぼう》を思い浮かべたら、胸の中がじわじわと甘くなってくる。

愛されて幸福を知れと言ってくれた。

彼の愛に聖が溺《おぼ》れたら、彼は幸福になれると言ってくれた。

自分の恋愛は、もう中司との間にはないのだと、今、はっきり分かった。

「ごめん。一緒に行けない」

思いがけず、きっぱりと口にしていた。

電話の向こうで息を呑む気配が伝わってくる。

中司がすべてだった聖を知っているから、信じられない思いでいるのだろう。

「……せっかく迎えに来てくれたのに、ごめんね。僕はもう、中司と一緒にいられないんだ」

責められると思った。あのイタリア野郎に惚れたのか、と中司なら言うと思った。しかし中司の様子は違っていた。

カチカチと硬いものを叩くような微かな音が繰り返され、やがて震える声が聞こえた。

『お、俺の、俺のこと、見捨てるのか……っ』

震えているのだ。カチカチと聞こえるのは、震えのあまり彼の歯が立てている音だと気づいた。

びっくりして、聖はケータイを握り締める。

「どうしたの？　何かあった⁉」

こんな中司は尋常ではない。数日前、大金をせしめて揚々と去っていった彼の姿からは想像もできない。

何か事件にでも巻き込まれたのだろうか。そう心配になるほど様子がおかしかった。

『……お、俺は、危険を冒して、おまえを迎えに来たんだぞ！　ひ、一人で、脱出できるわけねえだろ!?』

「え？　中司、この島にいるの？　パラッツォ・カジノの？」

『そうだ！　助けろよ！』

本気で聖を迎えに来てくれていたのだ。

それにしても、よく上陸できたと思う。一般客用の桟橋には常に出迎えの従業員がいて、面が割れている中司は門前払いされていたはずだ。そうなると、裏側の桟橋か、それ以外の場所から秘密裏に上陸したことになる。

「今どこにいるの？」

『……に、庭に、隠れてる』

聖は考えを巡らせた。なんとか中司を島から出す方法はないだろうか。

——あ！　ゴンドラの彼！

唐突に、あの夜もらった電話番号の存在を思い出した。

慌ててデスクから財布を取り出し、電話番号のメモを探す。あの日、パスポートはレオにチェックされたが、財布の中は探られなかった。……あった。きちんと折り畳んでしまっていた。

「中司、英語しゃべれるよね？　今から言う番号に電話して、ゴンドラを出してもらって。僕の名前を出して……あ」

そういえば聖は名乗らなかったのではないか。

「あ、違う。ええと、ラビットって言って。ラビットからの紹介で、ゴンドラを出してほしいって。僕からも後で連絡してみるから」

『そ、そいつ、信用できるのか?』

正直なところ、本当に信用が置けるかどうかは分からない。闇の中で会っただけの人だから。

けれど他に方法を思いつかなかった。

「……一応、秘密でゴンドラを出してくれる感じではあったよ。……ごめん、自信はないんだけど、他に頼れる人がいないんだ」

中司は何も言わなかった。カチカチカチカチ……と、歯の根が嚙《か》み合わない音だけが聞こえる。

「電話番号、言うよ」

番号を伝えて、励ましてから電話を切った。

あんな中司は本当に初めてだ。

それほど大変な思いをして、それでも迎えに来てくれたのだと思うと、少しだけ嬉しかった。

もしもレオに出逢う前なら、もう一度彼に恋をしていたかもしれない。

けれど……聖の心はもうレオのものだから。

まさか再び中司と話すことで、こんなふうに自覚するとは思っていなかった。

電話を終えて、聖はパソコンに向かった。ゴンドラの彼に連絡するため、伝えたいことをあらかじめ翻訳しておく必要がある。

「ええと、……僕の、友人を、ゴンドラに、乗せて、ほしい……。アイ、アスク、ユー、トゥー……」

英文と読みを書き写し、声に出して何度も練習してから、ゴンドラの彼に電話する。

『Oh! My rabbit. Love it!』

青年は陽気に応答してくれた。既に中司から頼まれていたらしく、聖が口にするカタコト英語に同意の相槌《あいづち》を繰り返す。それから何かを尋ねてきた。比較的ゆっくりとした口調で。

——テイク？　ギブン？　ミー？　ユアセル？

聞き取れた単語だけでも、とりあえずメモしておく。

『Right?』

——ライッ？　……あ、合ってる？　って聞かれてるのか。

「イエス。ライト」

肯定すると、電話の向こうで彼はやけにハイテンションになり、陽気に電話を切った。

ぐったりと疲れたが、なんとか使命を果たせたようだ。

——中司が無事に日本に帰れますように。

聖にはもう祈ることしかできなかった。

しばらくして、今度はレオから電話がかかってくる。

『ひとりで淋しくないか？』

という甘い言葉に、聖は思わず。

「淋しいけど、ちゃんと待ってます」

と答えてしまった。

一瞬、沈黙が漂う。自分が睦言《むつごと》を返してしまったと気づいたのは、その沈黙があってからだ。

「いっ、今の、冗談です！　淋しくなんかありません。僕も今仕事してるし、こちらのことは気にしないでください！」

カーッと全身がゆだるように熱くなる。

一息に捲《まく》し立てて、聖は電話を切った。

――まずいよ……。レオのこと好きって自覚したら、なんか……素《す》で恥ずかしいこと言っちゃった。

彼の甘い誘惑にとっくに溺れていたことを、認めざるを得なかった。

＊　＊　＊

レオが仕事から戻ったのは、夕刻近くになってからだった。

やはり何かトラブルがあったらしく、聖と一緒にいても珍しく気を張っている様子を見せる。

——癒《いや》してあげたいな。

自分にそんな力があるとは思えないが、何か少しでも彼のために力になれるなら、できる限りのことをしたいと思った。

彼を好きだと認めたら、塞《せ》き止めていた水が一気に流れ出すように、気持ちが溢《あふ》れるのを感じた。

我ながら恥ずかしい。けれど、レオのために役立つ存在になりたいという気持ちが止められない。

「オーナーはあなた一人なんですか？　お父様はもう引退されてるんですか？」

「私一人だよ。父は今では悠々自適な隠居生活で、世界中を放浪している。経営にはノータッチだ。スロットマシーンを導入する際も一応は報告したが、もうおまえのものだから好きにしたらいいと言われて終わりだった」

「信頼されてるんですね」

レオのことを、もっと知りたかった。

本当はもう何日も前から、彼のことを知りたいという欲求は湧いていたけれど、戸惑いもあった。それが気持ちを認めたら、好きな人のことだから知りたいのは当たり前だよね、と妙な自信に繋がったようだ。

「今日はやけに私のことを聞きたがるのだな」

レオにまでそう言われ、厚かましかったかと反省したが。

「すみません、聞きすぎましたか?」

「いや、私に興味を持ったなら喜ばしいことだ。ベッドの中で、私の腕に抱かれながら『教えて』とねだってくれるならさらに喜ばしいが」

「っ、変なこと言わないでください!」

咄嗟に反論したものの、レオはそういうのが好きなのか……と、心の手帳にしっかりメモする。実行できるかどうかは別にして、彼の好みを知るのが嬉しい。

今日はたくさん話をした。

彼の家族のこと、学生時代の話、それからパラッツォ・カジノの今後のビジョンなど。

レオの言葉には熱がある。低く穏やかな声で話していても、情熱が滲《にじ》んでいると思った。だから夢中で聞いてしまう。反発心や心の鎧《よろい》を溶かされてしまった今となっては、レオの語る一つ一つの言葉が聖を甘く酔わせてくれる。

時間は瞬《また》く間に過ぎ、日没の時間になった。リビングの窓の向こうに広がる海に、最後の茜《あかね》が差している。

——昨日、この時間に……キスしたんだ。

永遠を誓うゴンドラの上のキス。

そのことを思い出していた聖の頬に、レオの手のひらがそっと添えられる。

耳を挟むように指を滑らせ、髪を梳《くしけず》って再び頬《ほお》に手のひらが戻ってきた時、聖は自然と眼を閉じていた。

くちづけを期待して、ドキドキと胸を高鳴らせる。

少しの沈黙の後、唇が重なった。

ぎゅっ……と胸が痛くなる。痛いのに、泣きたいほど甘い。

――レオ。

心の中で呟いた。

――好き。……好き。

彼のジャケットにしがみつき、無意識のうちに引き寄せていた。鼓動はさらに早鐘《はやがね》を打ち、このままソファに押し倒されることを予想した。

けれど、レオは優しいくちづけを繰り返した後、微笑みながら聖を解放する。

「レストランに食事の用意をさせている。少し早いが出かけようか」

「……あ、はい」

唇を親指で拭《ぬぐ》われて、聖は頬を染めた。きっと今の自分は、もっとキスをねだるようないやらしい表情をしていたはずだ。恥ずかしくて彼の顔をまっすぐ見られない。

「きみは本当に、罪な人だ」

「え？」

「なんでもない。愛していると言っただけだ」

もう一度、チュッと軽いキスを落とすとレオは立ち上がった。

服の乱れを整えてから部屋を出て、レストランへと向かう。

時間がまだ早いからか、貸し切りだった。

ヴェネツィア近海で獲《と》れた魚介類を中心に、目の前の鉄板で焼いて美しく皿に並べられるコース料理だ。

ワインも少しだけサーヴしてもらい、レオとの会話を楽しみながら舌鼓《したつづみ》を打つ。

――幸せ。

じわじわと噛みしめた。

そしてそんなふうに思った途端、中司のことが気にかかった。

もう外は暗いはずだ。ちゃんと脱出できただろうか。自分とはもう交わることはない彼の道を、まっすぐに進めていることを祈った。

そうして気にかかりながらも、レオの眸に見つめられると、目の前の彼のことしか考えられなくなってしまう。

ふたりで料理を平らげて、ドルチェが出された。夏みかん風味のシャーベットだ。

喉を冷たく潤《うるお》していたところ、突然、ケータイがポケットの中で震え始めた。

「っ！」

「聖？」

「あ、すみません。電話が……」

焦って電源をオフにしようとしたが、表示された番号に不安が生じた。これは昼間にかかってきた中司の番号だ。

「出て構わないよ。日本は今、深夜だろう。急ぎの用件ではないか？」

「あ、……はい」

仕事の電話だと思ったのだろう。気遣ってくれるレオに申し訳ないが、やはり気にかかる。

「すみません、少し失礼します」

立ち上がった途端、ふわりと足がふらついたが、すぐに立ち直って店の外を目指す。ワインは少ししか飲んでいないが、意外と酔っているらしい。

ケータイを片手に店から出てきた聖に、御用聞きは弁《わきま》えているようで近づいてこなかった。

エレベーターホールの隅まで移動して、いまだ震え続けているケータイの通話ボタンを押す。

『何やってんだよ！』

開口一番に怒鳴られた。聖は首を竦《すく》め、声を潜める。

「ごめん。すぐに出られる状況じゃなかったから……」

『早く来いよ。おまえが顔見せなきゃ船は出さねぇって言ってるんだぞ！』

「え？　……ゴンドラの人が？」

思いがけない話に、聖は戸惑う。

『おまえが約束したんだろ？　こいつそう言ってるぜ？』

「ええ？　そんな約束してないけど……」

いや、していても理解できていなかっただけかもしれない。

聖は自分が伝えたいことをカタコトでなんとか口にしたものの、彼が話しかけてきた内容については何も理解しないまま「イエス」と同意してしまったような気がする。

まさかそんな話になっていたとは。

『約束してんだよ。こいつ絶対譲らねぇってガンコなんだよ。どうにかしろよ！』

ここで電話を替わってもらっても、説得することなど聖には無理だ。

これはもう、彼が望む通り顔を見せるしかないのかもしれない。

――どうしよう。何か、言い訳を考えないと……。

レストランではレオが待っている。エレベーターホールには御用聞きが控えていて、もし部屋に戻ると告げたら、すかさず最上階でも部屋付きの御用聞きが待ち構えるだろう。それで聖が部屋に戻らなければ、レオにすぐ知らされる気がする。

――いちかばちか、抜け出すしかないか……。

「……今、どこにいるの？」

『裏の桟橋近くだ。薔薇《ばら》のアーチの陰になって、船が見えにくくなってるとこ』

「分かった。なんとかしてそっちに行くから。顔だけ見せればその人納得してくれるんだよね？」

『早くしろよ！』

電話が切れた。

気は進まないが、意を決し、店の前に控えている御用聞きに声をかける。

「……あの、すみません。もうちょっとしたら、僕の書斎にファックスが届くみたいなんです。申し訳ないんですが、取りに行ってもらえませんか……？」

「かしこまりました。何枚のご予定ですか？」

「……多いみたいです。……ちょっと、時間かかるかも」

御用聞きは疑うことなく、中央のエレベーターで最上階に向かった。

人目がなくなったところで、聖は別のエレベーターに滑り込む。念のため指紋を承認されないよう指先を使わず、グランドフロアを押した。エレベーターが動き出し、無事に一階に到着した。

外はすでに夜の帳《とばり》が下りている。

聖は誰かに見られてもただの散歩に見えるよう気を配りながら、待ち合わせ場所を目指した。

薔薇のアーチはすぐに分かった。庭と海の境には客が迷い込まないよう低い石塀が巡らされていたが、難なく跨《また》げる程度だ。

船が横付けされている。ゴンドラではなく小型の水上バスなのは、本島まで距離があるからだろうか。

「……中司、いる？」

「ここだ！　浅川、早く来い」

小声で怒鳴る。聖は慌てて声のする方へ進んだ。

アーチを照らす街灯の光がうっすらと届いていて、中司の姿は見えた。この島で不審がられないためか、中司もタキシードを着ている。ずいぶん着崩れているのは、この時間まで潜んでいたせいだろう。

申し訳ない気持ちが胸いっぱいに広がった。

ここまでして迎えに来てくれたのに、自分はそれに応《こた》えることができない。

「早く、中へ」

「え、顔を見せるだけでいいんでしょう？」

「こんなとこにずっといたら見つかるだろ。中であいつと話せよ。俺が通訳するし」

「あ、うん。分かった」

中司に手を掴まれて、水上バスに乗り込む。

手に、触れられているのに。せつなさなんてもうなかった。それどころかレオの熱くて大きな手のひらを恋しく想った。

「……あの、こんばんは。すみません、話を理解してなくて」

水上バスの中で待っていた青年に頭を下げる。

彼はニコッと笑った。初めて会ったあの夜と同じ、朗《ほが》らかな笑顔で。

手を差し出され、握手だと思った聖が自分の手を重ねると。

ガシャッ、と。手首に金属を巻きつけられた。

「え？」

「Go!」

中司が声を上げる。船が動き出した。咄嗟に島に飛び移ろうとしたが、片手が船に鎖《くさり》で繋がれていて叶わなかった。

「な、何するんだよ!?」

「うるさい。静かにしろ！」

聞いたこともない厳しい口調で、中司に叱責《しっせき》される。

島が離れていく。暗い海に、船が漕《こ》ぎ出す。

——レオ！

何が起こっているのか分からなかった。

ただ、怖くて、怖くて仕方がなかった。

「僕は行かないって言っただろ!? 帰してくれよ」

「うるせぇ。おまえは俺と一緒に来るんだ。言っとくが、俺が連れ出したんじゃねぇ。おまえが自分から俺に会いに来たんだ。それなのにあの男のところに戻るって言うんなら、もう一回手切れ金寄越せよ」

「……っ！」

信じられなかった。

中司が、こんなあくどいことを考えるなんて。

「……たくさん、お金もらってたじゃないか」

「ちょっとカジノで遊んだらなくなっちまったんだよ。カジノはいい商売してやがるぜ、ホント。あいつ、オーナーなんだろ？　カジノで取られた金は、カジノに返してもらって何が悪い」

それは違うだろう、と思った。

使い果たすまで遊んだのは中司だ。……使い果たしても、聖を担保に遊び続けたのも中司だ。

唐突に目が覚めた。

今まで自分は、彼のどこを見ていたのだろう。恋に目が眩《くら》んで、執着が真実を覆い隠していたけれど、中司は決して善良な人ではなかったのだ。こうして……誘拐まがいのことをしてしまえるような人だったのだ。

ものすごくショックだった。けれど落ち込んでばかりもいられない。なんとかしてレオのもとに帰らなければ。

幸い、ポケットにはケータイが入っている。これで警察に通報を……。

——駄目だ。言葉が通じない。

それに、いくら酷い人とはいえ、中司を警察に引き渡すことにも気が引けた。

——レオに、電話する……？

助けてほしいなんて、言ってもいいのだろうか。

それこそ中司の策略に嵌《はま》って、また大金を支払うハメに陥《おちい》ったりしないだろうか。

ポケットに手を入れたまま、逡巡《しゅんじゅん》していた。するとそれを中司に見咎《みとが》められる。

「おい、何やってんだ」

「な、何が？」

サッとポケットから手を出すと、中司が聖を押さえつけた。

「やめろよ！　変なとこ触るな！」

「はぁ？　触ってほしかったのはおまえだろ。ゲイだもんな！　俺に惚れてるんだもんな!?」

「もう違うよ！　中司なんて好きじゃな…」

「金持ちのイタリア野郎とセックスしまくったら、俺はもう用なしって？　フン、だったら問題ねぇな。こいつが船出す条件、おまえをヤらせることだからよ。イタリアってゲイ多いんだなー」

「……え？」

血の気《け》が引いた。まさか中司が、本当にそんな条件を呑んだとは思いたくないのだけれど……。

「あった。やっぱりケータイ隠し持ってやがったか」

聖のポケットから携帯電話を探り当てた中司は、この船からの発信履歴がないことを確認して、それを海に投げ捨てた。

「何するんだよ！」

「こいつとのエッチの最中に、他の男から電話かかってきたら萎《な》えるだろ？」

悪びれもせずそう言って、中司は聖の上から退《ど》く。

そして青年と英語で楽しそうに会話し始めた。ケータイを捨てた経緯を話しているのだろうか。

知らない人だと思った。こんな酷いことをする人が、あのおおらかで優しい中司だと思いたくなかった。けれど、目の前のこれが真実なのだと嫌というほど分かっていた。

涙が滲む。

ついさっきまで、レオと一緒に食事をして、他愛《たわい》ない話に笑っていたのに。

今は四方八方を真っ暗な闇に塗り込められて、進むべき路を自分で決めることもできない。

「……レオ」

ぽつり、唇から零れた。

胸が熱くなる。

彼に逢いたい、と心が叫んだ。

「レオー！　助けて！　レオ！　レオーッ！」

遠ざかっていく白亜の宮殿に向かって絶叫すると、慌てて中司が飛んでくる。

「黙れ！　こんなとっから叫んでも聞こえるわけねぇだろ！」

「っ、聞こえないなら、別に構わないじゃないか！　放っといてくれよ。僕に触るな！」

「はぁ？　何口答えしてんだよ。おまえ、あんなに好き好き言ってやがったくせに」

「あんなの間違いだ！　中司なんか好きじゃない！」

初めて、中司に対して怒鳴った。

それがまた中司の怒りを煽《あお》ってしまう。

「うるせぇ！」

バシッと頬を張られた。口の中にじわりと血の味が滲む。聖はキッと中司を睨《にら》みつける。

「僕はあの人のものだ。勝手に傷をつけるな」

中司が怯《ひる》んだ。

「レオーッ、レオ！」

再び絶叫する聖を、中司は舌打ちしただけでもう構わなかった。

どうせ声なんて届くわけがないと思っているのだろう。それは事実に違いない。けれど、レオなら気づいてくれるような気がした。拒み続けていた彼の愛を、いつの間にか聖は信じていた。

「レオー！」

遠くで、波の音が聞こえた気がした。

静かな海なのに。ザンッと、まるで岩に叩きつける波しぶきのような音がした。

音が近づいてくる。気のせいではないと思った。

そうこうしているうちに、突然、宮殿の屋上から二機のヘリコプターが浮かび上がった。光の筋を海面に下ろしながら、ぐんぐん近づいてくる。

「おい、あれ……」

中司の声が震えた。

水上バスは速度を上げる。けれど逃げることも、隠れることもできなかった。

影がぐんぐん近づいてくる。その姿を、ヘリコプターの光が捉えた。レオの高速艇だ。操縦席に乗っているのは——。

「……レオ?」

「レオーッ!」

艶やかな黒髪を風になびかせ、タキシード姿の彼がまっすぐこちらへ向かってくる。

胸が震えた。

嬉しくて、愛しくて、——彼を愛していると心が叫んだ。

「まずい」

ガチャガチャッと手首で音がして、鎖が解かれる。聖は自由になった。その途端、ドンと背中を押される。

——え？

次の瞬間、聖は水に飛び込んでいた。

音が一瞬にして変わる。水を伝ってくる轟音《ごうおん》と、息ができない苦しさは、聖を恐怖に陥《おとしい》れた。

死ぬかもしれない。

暗闇の海が怖くて怖くて、聖はもがいた。

——レオ！

叫んだ瞬間、光に包まれた。

ヘリコプターが聖の位置を捉え、照らしてくれたのだと理解する。

そして、激しい波が起こった。誰かが飛び込んできたのだ。沈んでいく聖にまっすぐに向かってくる。水の中なのに、聖の目にははっきりと映った。

水に揺れる黒髪。強い光を湛《たた》えているその双眸。

初めて彼に逢った時、天井に描かれている宗教画から神の使いが光臨したのではないかと思った。

その想いが、さらに強くなる。

どれほど計算されつくした映画のワンシーンでも、どんなに洗練された画家の珠玉の作でも、聖が今見ているこの現実には敵わない。

この人しかいないと思った。

レオに恋をするために、自分は生まれてきたのだと思った。

これまで抱いてきた淋しさも、孤独感も、今この瞬間のためにあったのなら、聖は自分の過去さえきっと愛せる。

水に溺れているのに、涙が溢れた。

両手を彼に向かって伸ばす。レオが摑まえて、しっかりと抱きしめてくれた。

そして浮き上がる。光に満ちた場所に顔を出す。

「……っはぁ、はぁっ」

ザバッと水から顔を出し、荒い呼吸を繰り返した。

レオがしっかりと抱きかかえて立ち泳ぎをしてくれている。

手のひらで顔を拭い、彼を見上げた。漆黒の髪から水が滴《したた》り続けるが、彼は自分のことになど構わず、聖を助けることだけに力を尽くしてくれている。

涙がぼろぼろと零れて頬を伝った。

こんなに人を愛しいと思えることが不思議なくらい、想いが溢れた。

「レオ……」

愛しい人の腕の中、手を伸ばして彼の前髪をかき上げる。

漆黒の双眸が聖を射貫く。――この眸に出逢った時から、心を奪われていたのだとようやく気づいた。

「レオ、……愛してる」

彼が瞠目する。そして熱い唇に覆われた。

聖はレオの首を両腕で抱きしめる。バランスを崩して、ふたり抱き合ったまま海に沈む。

もう怖いなんて思わなかった。

この先、どんな困難が待ち構えていても大丈夫だと思った。

この人を幸せにするために、なんだってしてみせる。

本当に人を愛したら、こんなにも強くなれるのだと初めて知った。

「愛している」

水面に顔を出し、レオが囁く。

感動して、今度は聖からキスをする。

バランスを崩して海に沈み……また浮き上がって愛を囁き、キスをする。

何度も何度も繰り返し、やがてどちらからともなく微笑んでいた。聖は泣きながら、笑顔を浮かべていた。

しばらくして、救助艇が到着する。

船に引き上げられてから、またレオに抱きしめられた。

「私はこの大海原から、たった一粒の真珠をようやくこの手に掬《すく》い上げたのだな」

「……ダイヤの原石じゃなかったんですか？」

甘えるような口調になってしまったことが恥ずかしい。

けれどそんな聖の髪を優しくタオルで拭いながら、レオは蕩けるように笑った。

「愛の言葉は尽きぬものだ。……ベッドでもっと囁くぞ?」

頬が熱くなる。聖は黙って、逞《たくま》しい彼の胸に抱きついた。

救助艇がパラッツォ・カジノの島へと戻っていく。

ライトアップされた白亜の宮殿が、これから恋人と紡《つむ》ぐ物語の舞台であり、現実であることを聖は嚙みしめた。

水上バスは、警察艇に連行されていくのが遠目に見えた。

万感の想いがこみ上げる。けれどその中に恋はもう欠片《かけら》もなかった。

——さようなら。

誤りを正してほしい。人として間違った生き方だけはしてほしくない。

いつか、中司が志《こころざし》を持って進める彼だけの道を見つけられることを、深く願った。

＊　＊　＊

最上階の自宅に戻るなり、風呂に連れていかれた。

海水を含んで重くなったタキシードを脱ぐのは一苦労だったが、互いに脱がせ合い、一糸纏《いっしまと》わぬ姿になる。

彼の全裸を見るのは初めてだった。いつも聖だけが生まれたままの姿にされ、一方的に高められていたから。

こうして彼の裸を見ると、あまりにも均整の取れた美しい肢体に、本当に神の最高傑作ではないかという気がしてくる。

眼のやり場に困るのに、彼の躰《からだ》から視線を離せなかった。

我知らず熱い吐息を零すと、強引に抱き寄せられた。

肌と肌が触れる。ふたりを遮《さえぎ》るものはガラスどころか布一枚なかった。温かくて、触れ合っている場所から蕩けそうになるほど気持ちいい。

「レオ、レオ……！」

縋《すが》りつくと、それ以上の力で抱き返されて唇を奪われる。

聖は自ら口を開き、彼の舌を迎え入れる。自分から舌を絡めていくと、さらに抱きしめられてくちづけが深くなった。上顎《うわあご》をくすぐるように舐《な》められ、ぞくぞくと身を震わせる。

「……あ、あぅ……ん……」

「愛している、聖。間に合って本当によかった」

艶やかな声が、少し震えていた。それほどまでに自分を心配してくれた彼に、申し訳なさと愛しさが増す。

謝りたいけれど、今は話すことさえ惜しい。もっと、もっと、レオに触れたい。

彼も同じように思っていることは、欲情の火が点《とも》ったまなざしからも、情熱的に聖を確かめる仕草からも分かった。

首筋に唇が這わされる。

「あっ」

「……潮の味がする」

そう言うなり、聖はお姫様抱っこをされて湯船に運ばれた。なぜか屋内ではなく、露天の方まで。

「わっ、危ないです……！」

「しっかりつかまっていなさい。今からここが初夜のベッドだ。愛しい花嫁をこうして連れていくのは当然のことだろう？」

「は、花嫁って……」

「きみは私のパートナーだ。一生、離さない」

湯の中に下ろされ、聖は岩に背中を預けてレオのくちづけを受ける。

彼の向こうに、いつの間にか昇っていた月が見えた。青みがかった光が、レオを育てたヴェネツィアの海を幻想的に照らしている。

「……夢みたい」

「夢みたいな現実だ。このお伽話《とぎばなし》は、決して覚めることがない」

レオの唇が情熱的に肌をたどる。胸の突起を啄《つい》ばまれ、聖は甘い声を上げて彼の頭をかき抱いた。

「ま、待って……声、抑えられな……」

「なぜ我慢する？　愛らしい声を聞かせなさい」

「……だって、外……」

「パラッツォの屋上だ。我々を祝福する天使以外に聞く者はいないさ」

胸の突起をいじりながら、レオの唇はもっと下へと移動する。臍《へそ》を舐《ねぶ》られ、脚が震えた。そんなところが感じるなんて、彼に愛撫されるまで知らなかった。

「……いや。恥ずかし……」

「フフ。ベッドの中ではくちづけだけでとろとろに蕩けて抵抗できなくなってしまうきみも、こんな場所で立ったままでは理性を手放し切れないのか？　だが、それがまた私を煽る」

「……ベッド、行きたい」

聖にとっては精一杯の誘い文句だったのに。

「初夜のベッドはここだと言っただろう？　聖の果実はきちんと理解しているようだが？」

「ああっ……！」

すっかり昂《たかぶ》っていたものを、突然口に含まれた。あまりの快感に全身が波打つ。

「これほど極上の味わいのものを、私は口にしたことがない。そして滴るこの美酒……」

先端に舌を絡め、吸い上げられる。

「ああんっ」

「その甘い歌声とともに、私を酔わせる」

「……も、言わないで……！」

ただでさえ肌をたどる指や唇に興奮させられているというのに、レオの愛の囁きは優美すぎて羞恥《しゅうち》を煽られる。

「片脚を上げてごらん、聖。私の肩に乗せなさい」

「え？　何を……ああっ！　そんなとこ、舐めな……っ」

片脚を担《かつ》がれて岩に凭れかかると、彼の眼に晒《さら》されてしまった秘部に、レオが顔を埋めた。あり得ない場所に彼の舌を感じる。

「いやっ、いや！　……そんなとこ、きたない」

「聖の躰はどこも美しく、淫《みだ》らに私を誘っていると知らないのか？　それにこの蕾《つぼみ》が淫靡《いんび》に綻《ほころ》ぶ様を、私はもう知っている。何度、このまま貫いてしまいたいと願ったことか！」

くちゅっと音がして、下肢に圧迫を感じた。それだけでなく、明らかな快感も。

「あんっ。……な、なに、それ？」

「指を挿《い》れただけだ。痛くないだろう？　ベッドで何度も念入りに解《ほぐ》して、きみの中は私の指を覚えているはずだからね」

「え、え？」

記憶にない。いつの間にそんなことをされていたのだろう。

一方的に高められていた間、いつも途中から気持ちよすぎて意識が半ば飛んでいた。ただもう熱くて、何度も絶頂を迎えたことしか覚えていない。

「私の指を何本も健気に咥《くわ》えて、離すまいと震えているのが分かるか？　……愛らしい。きみの躰は私の心だけでなく肉体までもを虜《とりこ》にする」

濡れた音が下肢から聞こえる。聖が動いて立ててしまう湯の音とは性質が違う。恥ずかしくてどうにかなってしまいそうだ。

レオは激しく指の束《たば》を抜き差ししながらも、その周囲を唇や舌で愛撫することをやめない。聖は鋭すぎる快感に脚をがくがく震わせた。

「……も、立ってられな……」

つるりとした岩肌を、背中が滑ってしまう。すると自分の体重で、レオの指をさらに呑み込んでしまった。そして、ビリッと下肢から頭に向けて電流が走る。

「ああ……っ!?」

一瞬、頭が真っ白になる。達してしまったかと思った。けれど昂りの根元をレオに押さえられていて、すんでのところで遮られる。

「やっ、なに？　……それ、やぁ……っ」

背を仰け反らせて喘《あえ》ぐ。

レオが立ち上がり、浅い呼吸を繰り返す聖の唇を奪った。

また、片脚を抱え上げられる。けれど今度はレオも立ったままで、聖をしっかりと抱きしめた。

激しい鼓動が胸を叩く。それがレオのものだと気づいた時、聖は震える瞼《まぶた》を上げた。

彼の顔が見たい。レオの眸に見つめられたい。

「……っ」

深い深い漆黒の双眸が、聖を貫いていた。

ジン…と胸が震える。

愛しさがこみ上げてくる。

「愛している、聖。きみを私のものにするよ」

秘部に、熱いものが宛《あて》がわれた。そして灼熱《しゃくねつ》の杭《くい》が、押し開くようにして進んできた。

――挿入《はい》ってくる……！

背中が浮く。怖ろしいほどの圧迫感で息苦しいのに、神聖なもので満たされていくような気がした。こんな生々《なまなま》しい行為なのに不思議なほど誇らしい。

愛されている。自分は今、愛した人に愛されているのだという想いが、内側から聖をとろとろに甘く蕩けさせていく。

「レオ……っ」

呼ぶと、耳朶《じだ》にくちづけられた。

彼が熱い息を吐く。掠れた声で、聖の名前を呼ぶ。

しっかりと抱き合い、熱いキスを交わした。苦しいのに、やめたくない。

レオの背中に両腕を回し、逞しい躰を抱きしめる。ひくん、と秘部が痙攣《けいれん》するのが分かった。

自分の中が、彼のものに馴染《なじ》んできたことが感じられる。

「……レオ、……好き」

「動くぞ」

低い声で宣言されるやいなや、埋められている大きなものが動いた。

「ああっ！」

ズッと抜けていったかと思うと、突き入れられる。瞼の裏で光が弾《はじ》けた。続けて抽挿《ちゅうそう》され、彼に必死にしがみつく。

抱きついている腕の下で、彼の筋肉が動く。脚を絡ませている彼の太腿が、腰の動きをダイレクトに伝えてくる。そのせいで、初めてなのに中を擦《こす》られる感覚が鮮明に感じられた。こんなのおかしいと思うのに、気持ちよくて仕方がない。

「あっ、あっ、……だめ、それ、ダメ……ッ」

「ここがいいのだな？　私の雄に貫かれて身悶《みもだ》えるきみは美しい……」

荒い呼吸の中にも感嘆の吐息をつきながら、レオは聖の首筋に吸いつく。

甘噛みされて、ぞくぞくした。このまま喰われたいと思うくらい。

レオは角度を変えながら、聖を容赦《ようしゃ》なく攻め立てる。最奥《さいおう》を抉《えぐ》られて涙が滲んだ。気持ちよくて、嬉しくて、こんな幸福があるのかと思った。

「……レオ、レオ」

泣きながら呼ぶと、彼は律動を小刻みにして聖の瞳を覗き込んでくる。

まなざしで問いかけられて、さらに幸福感が増した。

聖は涙をぽろぽろと零しながら、我知らず微笑んでいた。

「レオは、気持ちい……？　僕で、気持ちよくなってくれてる？」

「私が今天国にいると、聖は知らないのか？」

グッと腰を突き上げられて、聖は喘いだ。レオの言葉は相変わらず恥ずかしいのに、それさえも幸せに思える。

「うれしい……」

力を籠めて抱きついたら、荒々しいキスに攫《さら》われた。

レオの髪を掻き混ぜて、彼をかき抱く。

めちゃくちゃに舌を絡め合い、顔の角度を何度も入れ替えてくちづけた。気持ちよすぎて、もう脚に力が入らない。レオもそんな聖を受け止めきれなくなったのか、ずるずるとふたりで座り込んでしまう。

湯に半身が浸《つ》かり、聖はレオの膝《ひざ》の上に座っていた。ふわふわと躰が浮く。ふたりが起こした波に揺れる。

くちづけを解き、彼の眸をじっと見つめた。

濡れて額にかかっていた黒髪をかき上げ、頬を両手で挟む。

——僕だけを見て。あなただけを見つめさせて。……これから、ずっと。

「レオ、愛してる。……僕を見つけてくれて、ありがとう」

囁くと、レオが僅《わず》かに眼を見張った。そして双眸を細める。愛しい、と言葉以上に雄弁にまなざしが語った。

「聖」

突然、腰を摑まれて突き上げられた。

「あんっ」

何度も何度も突き上げられる。バシャバシャと湯が跳ねた。浮力のせいで躰があちらこちらに動いてしまう。レオの腰が動くたびに違う場所を抉られ、ありえないくらいの快感に呑み込まれる。

「ああんっ、あん、……あっ、いくっ、――レオ、いくぅ……っ！」

「聖！」

ビクビクと四肢が痙攣する。湯の中に放ってしまったと気づく余裕もなく、聖は湯の外に引き上げられた。背中を床に預け、すかさずレオにのし掛かられる。激しい抽挿に身悶えた。快感が強すぎて意識が飛びそうになる。

「聖、聖……！」

けれど、レオの熱い声が聖の意識を引きとめた。

――うれしい。

愛する人に名前を呼ばれるのがこんなに嬉しいなんて、知らなかった。

最奥を抉られるたび、彼の愛を躰の奥深くに刻まれているような気がした。

気持ちよすぎて怖いくらいなのに、どこまでも高みに連れていってほしいと思った。

――レオ、……愛してる！

「聖……！」

腹が、膨《ふく》らむような感覚に襲われた。

そして次の瞬間、レオが身を震わせる。

中に、情熱が迸《ほとばし》るのを感じた。

「……あぁ……っ」

聖の唇から甘い声が零れる。
幸せで、幸せすぎて、……レオと眼が合った途端、聖は泣きながら笑っていた。
レオも微笑み、涙を熱い舌で優しく拭ってくれた。

‡◇‡

『あたし』は壊してしまった。
王子様との、唯一の繋がりを。
無惨《むざん》に砕《くだ》け散った姿見を前に、『あたし』は絶望を味わっていた。

もう、会えない。
もう、姿を見ることさえ叶わない。

こんなことなら、望みを持たなければよかった。
ガラスを壊せば手と手が触れ合えるのではなんて……夢を抱かなければよかった。

伸ばした指先が感じるのが硬いガラスの感触だけでも、ずっと、ずっと、耐えたのに。


……いや、それは無理な話だ。

なぜなら『あたし』は、今日、嫁《とつ》ぐから。

東の果ての、豊かな国に住む、名前も知らない、顔も見たことのない、ただ勇敢だという噂《うわさ》を聞くだけの王子のもとへ。

生まれ育ったこの城へは、もう戻れない。

北の魔女が贈ってくれたこの姿見は、たとえ壊れなかったとしても、ここに置いていくしかなかったのだ。


『壊せ』

あの声はなんだったのだろう。

『壊してしまえ』

あれは悪魔の囁き?

『あたし』はそれに惑わされてしまった？
……いいえ、違う。
『あたし』は静かにかぶりを振った。

決めたのは『あたし』だ。
そして言葉を交わさなくとも、王子様も同じ気持ちだった。
だから同時に、祈りを籠めて振り下ろしたのだ。
ふたりを隔《へだ》てるガラスを、壊すために。

東の国から迎えの馬車が到着した。
『あたし』は覚悟を決めて、城を出た。
花嫁のために設《しつら》えられた、豪華な御輿《みこし》に『あたし』は向かう。
警備の者たちがざわめいた。
なんと、王子が自ら迎えに来ているという。

馬車の扉が開いた。

『あたし』は今日から、あの人の妻になるのだと自分に言い聞かせ、顔を――。


「姫、迎えにあがりました」

何年ぶりに見ただろう。そんな、屈託のない笑顔。

幼い頃と同じ。けれどあの頃とは違う、今の王子様。

王子様が手を差し伸べる。

『あたし』は震える指で、そ…っと、彼の手に触れた。

「……っ！」

温かい。ガラスなんてない。触れられる。あの人に。恋焦《こ》がれ続けた、王子様に。

「姫。――やっと逢えた。あなたの世界に繋がった」

「……本当に、王子様なの？」

「ええ、私です。幼い頃からあなただけを見つめ続けた、あなたの王子です」

「どうして……違う世界だったのではないのですか？」

「違う世界だったのか、同じ世界だったのか、今となっては分かりません。ただ、一つだけ確信しているのは——」

王子様が、『あたし』の手の甲にくちづけた。

燃えるような熱さだった。

震えが走るような愛しさを覚えた。

「壊してよかったということです。今、こうして姫と現実に触れ合えているのですから」

王子様の瞳には、強い意志が宿っていた。

あの日、ガラスをふたりで壊した日、最後に絡んだまなざしと同じ、強い強い想いが溢れていた。

「ガラスが私たちを分かつことは二度とありません。姫——愛しています」

『あたし』たちは、自分の力でふたりの世界を手に入れた。

‡◇‡

のぼせそうになった聖をふかふかのバスタオルで包み、お姫様抱っこで寝室まで運んでくれたレオに最初は感謝したのだけれど。

具合がよくなるやいなや、再び愛撫が始まったのはどういうことなのか。

めくるめく夜だった。

聖はたった一晩で、これまで縁のなかった知識をいっぱい知ってしまった。

男同士でもいろんな繋がり方があるのだとか、中には聖も協力しなければいけない体位があるのだとか。このベッドで騎乗位は、スプリングが効きすぎて大変な目に遭うとか、ベッドの端でそれをすると落ちそうになって怖いとか、怖がった聖が助けを求めて抱きつくのをレオが気に入ってしまったとか、とか、とか……恥ずかしすぎる知識が満載だ。

聖は何度か意識を飛ばしてしまい、レオが甲斐甲斐《かいがい》しく世話を焼いてくれた。

眼を覚ますと必ず漆黒の眸に見つめられていて、きゅんとときめいたりしたのだけれど、……その後またもや愛撫が始まってしまうので、甘いときめきは灼熱の快感に塗り替えられてしまう。

そうして一夜を過ごし、もう一度風呂に入ってからふたりで眠りについた。

聖だけでなくレオも一糸纏わぬ姿で、肌と肌を触れ合わせた。

ぐっすり眠って目が覚めると、やはり先に起きていたレオの、艶やかな黒い眸が一番に眼に飛び込んできた。

「……起こしてくださいよ」

「愛らしい恋人の寝顔を堪能《たんのう》していたのだ」

ふふ、と笑ってキスされる。嬉しいけれど恥ずかしくて、聖は頬を染めた。

鼻まで掛け布団を引き上げてレオを見上げると、蕩けるように甘いまなざしで見つめれる。

「……夢を見ました」

「これは現実だぞ?」

思いがけない返しに、吹き出してしまった。布団から顔を出すと、すかさず唇を盗まれる。

「現実じゃなかったら泣きますよ。……あのね、王子様と姫が、夢に出てきたんです」

ほう?　と興味深そうに呟いて、レオは聖の髪を優しくいじった。

何から話そう。

あの幸福な物語を、どう説明しようか。

話したいことはたくさんあるけれど、聞いてほしいことは、ただ一つ。

「ガラス、壊してよかったです。あなたの言う通り」

それだけ告げると、レオは不思議そうに視線で尋ねてくる。聖はゆるゆるとかぶりを振って応えた。これ以上の説明はいいです、と。

それよりも、昨夜は謝り損ねたことをきちんと言葉にしておかなければ。

「……あの、昨日は本当にすみませんでした。僕が浅はかだったばっかりに、あなたまで危険に晒して」

「あの男にまだ気持ちが残っているか？」

「ありえませんっ」

考えるより先に、口から飛び出していた。そんな自分にびっくりする。

「それならばもう自分を責めるな。きみが言葉巧みに騙《だま》されたことは知っている」

ちゅ、と額にくちづけが落とされたが。ん？　と聖は首を傾《かし》げる。

「どうして知ってるんですか？」

「聞いていたからだ」

「……どこで？」

レオが不敵な笑みを浮かべ、肩を竦めた。

——こ、これは……追及しない方がいい……のかな……？

藪《やぶ》をつついてヘビを出してしまいそうな予感がした。

えへへ……と、思わず愛想笑いを返す。

「私の方こそすまなかった。事前に阻止《そし》する手はずだったが、間に合わずきみを傷つけた」

阻止しようとできるほど、正確に情報を摑んでいたらしい。

聖は海に沈んでしまった携帯電話のことを思った。情報源は、やはりあれだろうか。

そういえばレオは、一目惚れした聖を攫いに来ようと企《くわだ》てて秘書に止められたり、会員調査と言いつつ聖の身辺を調べていたりしたこともある。きっと一筋縄《ひとすじなわ》ではいかない人なのだろう。

けれど今となっては、そんなところが可愛いと思ってしまう自分に聖は苦笑いした。

「聖？」

ふと、初めて名前で呼ばれた日のことを思い出す。

あれからまだ十日ほどしか経っていないのに、今はこの艶やかな声で「聖」と呼ばれないなんて想像できない。

こんなに好きになるなんて思わなかった。

自分がこんなに人を愛せるなんて、知らなかった。

「愛してます、レオ。――僕は、幸せ者ですね」

「ああ。私の次に、な？」

微笑んで、どちらからともなくキスをする。

恋人と触れ合える幸福に酔いしれながら――。

「カジノ王と熱恋の賭け」（書き下ろし）

あとがき

このたびは拙著をお手に取ってくださり、ありがとうございました。水瀬結月です。

今回は久しぶりにカジノが舞台となりました。既刊のキャラを絡めたいなーと最初は話していたのですが、出てくる隙がありませんでした。残念。なので、せめてこれだけはと、既刊の主人公の家が作っているスロットマシンのみ登場です。いつかカジノ王対決をさせてみたいです。


先日、大阪にあるカジノスクールの体験講座を受講してきました。その後、スクールが経営されているカジノバーにも友人たちと繰り出しました。とても勉強になったし、何より楽しかったです。資料を読むだけでは分からないゲームの流れとか、細かい動作とか、それぞれのゲームの醍醐味を教えていただきました。その中で、今回の原稿を一部修正するべきかどうか悩んだ点があったのですが……ページをかなり食ってしまいそうだったので、ハウスルールということで目を瞑らせてもらうことにしました。あと、ディーラーという名称ですが、ヨーロッパでは普通「クルーピエ」と呼ぶそうです。ですが当作品内では、通りのいいディーラーで統一させていただきました。ご了承くださいね。

あ、もちろん現在の日本で本物のカジノは違法ですので、うかがったカジノバーはその辺りの条件はすべてクリアされています。上品で頭を使うゲームセンターという感じかな？　ですが、カジノバーの中には違法賭博に関わっている所もあるようなので、行ってみたいと思われた方はくれぐれもご注意くださいね。

とても麗しい挿絵を描いてくださった高階佑先生、ありがとうございました。

カラーイラストを既に拝見しているのですが、レオの滴るような色男っぷりにめろめろしてしまいました。こんな彼に全力で迫られたら、聖も落ちるしかないよねーとしみじみ納得しつつ、そんな聖もきれいで可愛くて、とても嬉しくなりました。本の完成が楽しみです。

最後までおつきあいくださった皆様、ありがとうございました。少しでも楽しんでいただけたら幸いです。よろしければご感想などお聞かせくださいね。

また、担当様、書籍担当様はじめ、拙作の出版にご尽力くださった皆様に感謝いたします。

水瀬結月

（月鏡～つきかがみ～ http://yudumina.mond.jp/enter.htm）［平成二十三年八月現在］

ビーボーイノベルズをお買い上げ
いただきありがとうございます。
この本を読んでのご意見・ご感想
をお待ちしております。

〒162-0825 東京都新宿区神楽坂6-46
ローベル神楽坂ビル４階
リブレ出版㈱内 編集部

リブレ出版WEBサイトと携帯サイト「リブレ+モバイル」でアンケートを受け付けております。
各サイトにアクセスし、TOPページの「アンケート」から該当アンケートを選択してください。
（以下のパスワードの入力が必要です。）ご協力をお待ちしております。

リブレ出版WEBサイト　http://www.libre-pub.co.jp
リブレ+モバイル　http://libremobile.jp/
（i-mode, EZweb, Yahoo!ケータイ対応）

ノベルズパスワード
2580

カジノ王と熱恋の賭け

2011年8月20日　第1刷発行

著　者——水瀬結月

発行者——太田歳子
発行所——リブレ出版 株式会社
〒162-0825
東京都新宿区神楽坂6-46ローベル神楽坂ビル
営業　電話03(3235)7405　FAX03(3235)0342
編集　電話03(3235)0317
印刷・製本——株式会社光邦

Printed in Japan
ISBN 978-4-86263-995-0